Guy de Maupassant
(1850-1893)

Guy de Maupassant nasceu no castelo de Miromesnil, na Normandia, em 1850, e morreu em Paris, em 1893. Leu os clássicos desde cedo e completou sua formação no seminário de Yvetot, de onde, expulso, foi transferido para o liceu de Rouen para diplomar-se em Direito. Na Guerra de 1870, quando da invasão prussiana da Normandia, engajou-se no exército francês, o que lhe sugeriu os temas para inúmeros contos. Encerrado o episódio, empregou-se no Ministério da Educação Pública e aproximou-se de Flaubert, que o orientou e o introduziu no mundo literário. Conviveu com Zola, Daudet e Huysmans e escreveu para diversos jornais. Seus romances, contos e novelas focalizam várias camadas da sociedade francesa, mostrando personagens de estratos sociais populares, como soldados, prostitutas e aldeões. Alguns de seus temas, como a reencarnação e a fantasmagoria, antecipam a literatura fantástica. Como contista, Maupassant serviu de paradigma para o conto do século XX. Suas principais obras são: *Bola de sebo*, 1880; *A pensão Tellier*, 1881; *Mademoiselle Fifi*, 1882; *A herança*, 1884; *O Horla*, 1887.

Livros do autor na Coleção **L&PM** POCKET

Contos do dia e da noite
Contos fantásticos (Horla & outras histórias)

Guy de Maupassant

CONTOS FANTÁSTICOS
Horla & outras histórias

Seleção e tradução de JOSÉ THOMAZ BRUM

www.lpm.com.br

Coleção **L&PM** POCKET, vol. 24

Texto de acordo com a nova ortografia.
Primeira edição na Coleção **L&PM** POCKET: maio de 1997
Esta reimpressão: fevereiro de 2020

Capa: Ivan G. Pinheiro Machado. *Ilustração*: iStock
Revisão: Carlos Saldanha, Delza Menin e Lia Cremonese
Tradução: José Thomaz Brum

ISBN 978-85-254-0639-2

M452c	Maupassant, Guy de, 1850-1893.
	    Contos fantásticos – O Horla & outras histórias /
	Henri René Albert de Maupassant; tradução de José
	Thomaz Brum. – Porto Alegre: L&PM, 2020.
	    144 p. ; 18 cm. – (Coleção L&PM POCKET)
	
	    1. Ficção francesa-Contos. I. Título. II. Série.
	
	                                    CDD 843.1
	                                    CDU 840-34

Catalogação elaborada por Izabel A. Merlo, CRB 10/329.

© da tradução, L&PM Editores, 1997

Todos os direitos desta edição reservados a L&PM Editores
Rua Comendador Coruja 314, loja 9 – Floresta – 90.220-180
Porto Alegre – RS – Brasil / Fone: 51.3225.5777

PEDIDOS & DEPTO. COMERCIAL: vendas@lpm.com.br
FALE CONOSCO: info@lpm.com.br
www.lpm.com.br

Impresso no Brasil
Verão de 2020

ÍNDICE

Prefácio – *José Thomaz Brum* / 7

O Lobo / 13
Magnetismo / 21
O Medo / 27
Aparição / 36
A Mãe dos Monstros / 46
Carta de um Louco / 54
Um Caso de Divórcio / 63
O Horla (*primeira versão*) / 72
O Horla (*segunda versão*) / 84
A Morta / 119
O Homem de Marte / 126

Notas do Tradutor / 136
Cronologia / 138

Prefácio

José Thomaz Brum

Fin de siècle. O ambiente intelectual é dominado por um profundo sentimento de relatividade que justifica o subjetivismo e suscita a inquietude. A influência do pessimismo alemão (*Schopenhauer*) une-se a um darwinismo compreendido de forma igualmente trágica: o homem é um animal efêmero sobre um globo perdido na imensidão do Universo.

Não é preciso ser um estudioso ou um naturalista para perceber isso. Respira-se este ar de incerteza derivado de uma desilusão radical: a ciência é apenas uma definição humana, estamos fechados em nosso espírito – sem remédio.

Spencer ilustra essa atmosfera com uma frase exemplar: "O desenvolvimento da ciência só fez aumentar seus pontos de contato com o desconhecido que a rodeia". À extenuação da fé vêm se juntar os temas da falência da ciência e da psicologia da época.

Charcot, na Salpêtrière, pratica a *grande hipnose* e abre caminho para uma compreensão da loucura que não seja oposta à "saúde moral": a incerteza não é apenas uma propriedade do mundo ou da vida da espécie – o homem carrega dentro de si uma *instabilidade* essencial. Não há abismo entre o normal e o anormal, mas elos, pontes: obsessões, alucinações...

É neste quadro cultural que devemos compreender os contos reunidos neste volume, contos que se inserem em um gênero literário específico: *O Fantástico*.

Neste mundo lacunar do fim do século XIX, Guy de Maupassant publica historietas em jornais diários. O sucesso de "Boule de Suif" (1880) tornou-o famoso, mas não o suficiente para isentá-lo de trabalhar para viver. Escreve sobre todos os assuntos, mundanos ou fantásticos. Escreve *short-stories* onde o espaço exíguo exige uma mestria sem igual. E ele a possui, discípulo que é de Flaubert, que lhe tinha ensinado a "apontar sobre os objetos o aparelho de sua atenção para descobrir neles um aspecto que não foi visto nem dito por ninguém".

Esses contos não se distinguem pelos temas de que tratam, mas pela atmosfera criada em torno do acontecimento; eles pintam "uma existência habitada pela inquietude".

Os contos fantásticos, que aparecem desde o início de sua meteórica carreira de escritor (publicou toda a sua obra em dez anos, tempo em que Flaubert escrevia dois livros), são aqueles onde existe "a hesitação experimentada por um ser que só conhece as leis naturais face a um acontecimento aparentemente sobrenatural".* Contos avessos à fé absoluta e à incredulidade total, contos da *hesitação*:

---

* Cf. Todorov, Tzvetan – *Introdução à Literatura Fantástica* – ed. Perspectiva, 1975, pág. 31.

"Cheguei quase a acreditar: eis a fórmula que resume o espírito do fantástico."*

Neste *quase*, lacuna e imprecisão, Maupassant constrói o seu fantástico particular: não criaturas impossíveis (duendes, gênios) em cenários exóticos, mas acontecimentos estranhos que se equilibram nessa tensão que se origina de um espírito incerto: o homem é um ser estranho para si mesmo, o *outro* é um abismo – o fantástico invade a alma humana e inunda o mundo quotidiano.

Lugares e objetos testemunham esta cisão de um corpo em que "a identidade explode em pedaços". O mundo humano é parcial, cruel e dominado pela *ilusão universal* (*Schopenhauer*). O não-humano é o que nos permanece oculto, o fantástico. O *inexplicável* está instalado aqui na Terra e tem suas raízes na inquietação humana, em seu caráter *fluido*.

O Lobo, conto oriundo de antigas lendas da Bretanha, explora o confronto do mundo humano com esse *não-humano* essencial: o animal, que exibe a estranheza e a alteridade de uma outra visão, de uma outra perspectiva.

O Medo e *Aparição* são relatos desse sentimento ambíguo que é o medo – que não necessita de acontecimentos extraordinários para ser desencadeado. Uma miragem sonora (o tambor das dunas) e uma visão que não pode ser explicada (a mulher de longos cabelos) trazem a marca do medo, experiência de desequilíbrio que ameaça a frágil unidade do *Eu*.

---

* Cf. Todorov, op. cit., pág. 36.

A Mãe dos Monstros e *Um Caso de Divórcio* são narrativas perversas, onde necessidades e interesses humanos são a fonte do cruel e do monstruoso. O homem traz em si o veneno, a desproporção. Assimetria que, em *Um Caso de Divórcio*, apresenta um idealista que pratica um desses "refinamentos sutis e antinaturais da vida". História de uma relação erótico-fetichista, de uma sedução não-humana, onde o vegetal é "mais tentador que toda a carne das mulheres". Paixão pelo ideal, pelo não-humano, paixão-fetiche. Existe o amor simplesmente humano?

A Morta é a narrativa de uma obsessão. Durante uma visita ao túmulo da amada, o amante penetra num pesadelo. História de amor, finitude, ilusão.

O Homem de Marte é uma *science-fiction* onde o não-humano é o extraterrestre. Figura do estranho fundamentada na possibilidade da existência de outros mundos habitados, o extraterrestre nos faz sentir a vertigem de sermos parte e não todo. Vertigem do macro, do imenso, do alienígena.

Magnetismo e *A Carta de um Louco* exploram o conflito ciência/desconhecido; no primeiro, sob um *décor* ao mesmo tempo cético e crédulo, desenrolam-se histórias que podem ser naturais ou sobrenaturais, conforme a escolha do leitor.

Carta de um Louco mostra que o fantástico reside em nossa máquina imperfeita, em nossos sentidos insuficientes. O homem só tem olhos para o mundo humano, a prisão humana é uma condenação.

Neste conto encontra-se o personagem-chave da obra-prima de Maupassant (*O Horla*): alguém em perpétuo estado de insegurança, sem um claro limite entre o eu e o mundo. Esta criatura, perseguida pelo *mal da divisão*, põe em cena o tema do *duplo*, tão frequente na história da literatura.

Maupassant, que experimentou em si mesmo esta dissociação que incluía fenômenos de autoscopia, narra em *O Horla* a história de uma *dissolução*. A liquidez atrai aquele que experimenta o desdobramento, daí o fascínio pelos objetos que possuem propriedades dissolventes*: o espelho (*Carta de um Louco*, *O Horla*), o olhar do outro (*Um Caso de Divórcio*), o Sena. Espaços onde o sólido se liquefaz, espaços instáveis, espaços que se tornam *tempo*.

A liquidez e sua atração – este é o tema do Horla, em que um homem relata a sua vampirização contínua através de um ser transparente. Relato minucioso de uma ambivalência do natural, *O Horla* fascina por sua narrativa falsamente fácil, onde se constrói "um fantástico difícil de distinguir do cruel justamente porque sai do coração humano".**

Maupassant concebeu duas versões deste conto: a primeira, onde o autor examina um caso clínico, é um relato *a posteriori*, linear; a segunda, onde o acento é colocado sobre a existência de um duplo que dissolve pouco a pouco o homem, é um relato na primeira pessoa. A lentidão é traduzida com o auxílio de um "*journal intime*" que pode restituir a duração da dissolução.

Pintor mais do que fotógrafo, Maupassant narra os acontecimentos com uma impessoalidade original – sem aclará-los demais e sem obscurecê-los com imagens. No seu trabalho de penetração, o excepcional

---

* Cf. Bancquart, Marie-Claire – Introdução à "Le Horla et autres Contes Cruel et Fantastíques" – Classiques Garnier – 1976 - pág. XXX.

** Cf. Bancquart, op. cit. pág. XLIV-XLV.

se confunde com o quotidiano e se expressa através dos objetos mais comuns. Flaubert havia dito ao jovem discípulo: "A mínima coisa contém um pouco de desconhecido".

O seu *fantástico interior*, inventado por um escritor que viveu o período da *décadence fin de siècle* sem nunca se confundir com o esteticismo esnobe da época, traz a marca de um artista lúcido, que procurou exibir a crueldade e a incerteza da vida: "Nós vivemos do desequilíbrio, levados pela água da vida que escoa".[*]

Primavera de 1985

---

[*] Ibid., op. cit., pág. XXXII.

O Lobo

Eis o que nos contou o velho marquês de Arville no fim do jantar de Saint-Hubert, na casa do barão dos Ravels.

Tinha-se caçado um veado durante o dia. O marquês era o único dos convivas que não tomara parte nessa perseguição, porque jamais caçava.

Durante a longa refeição, só se tinha falado de massacres de animais. As próprias mulheres se interessavam pelas narrativas sanguinárias e frequentemente inverossímeis, e os oradores reproduziam com gestos os ataques e os combates de homens contra animais, levantavam os braços, contavam com uma voz trovejante.

O sr. de Arville falava bem, com alguma poesia um tanto enfática, mas cheia de efeito. Devia ter repetido muitas vezes esta história, porque a contava fluentemente, não hesitando nas palavras escolhidas com habilidade para evocar a imagem.

– Senhores, eu nunca cacei, meu pai também não, nem meu avô. Este último era filho de um homem que caçou mais que todos os senhores juntos. Ele morreu em 1764. Vou lhes dizer como.

Chamava-se Jean, era casado, pai dessa criança que foi meu trisavô, e morava com seu irmão mais novo, François d'Arville, no nosso castelo de Lorraine, em plena floresta.

François d'Arville tinha ficado solteiro por amor à caça.

Os dois caçavam durante o ano todo, sem descanso, sem interrupção, sem cansaço. Só amavam isso, não compreendiam outra coisa, só falavam disso, só viviam para isso.

Tinham no coração essa paixão terrível, inexorável. Ela os consumia, tendo-os invadido por completo, não deixando lugar para mais nada.

Tinham proibido que os incomodassem durante a caça, por qualquer razão que fosse. Meu bisavô nasceu enquanto o pai seguia uma raposa, e Jean d'Arville não interrompeu a perseguição, mas praguejou: "Que diabo, este patife podia muito bem ter esperado pelo *halali*".[1]

O seu irmão, François, mostrava-se ainda mais arrebatado do que ele. Logo que se levantava, ia ver os cães, depois os cavalos e, em seguida, atirava nos pássaros que voavam em torno do castelo até o momento de partir para caçar algum animal de grande porte.

Eram chamados, na região, de sr. Marquês e sr. o Caçula, já que os nobres de então não eram como a nobreza de ocasião dos nossos dias, que pretende estabelecer nos títulos uma hierarquia descendente; porque o filho de um marquês não é conde, nem o filho de um visconde, barão, assim como o filho de um general não é coronel de nascimento. Mas a vaidade mesquinha desta época tira proveito desta disposição.

Volto aos meus antepassados.

Eram, segundo consta, desmesuradamente altos, ossudos, peludos, violentos e vigorosos. O jovem, ainda mais alto que o mais velho, tinha uma voz tão forte que, segundo uma lenda da qual se orgulhava, todas as folhas da floresta se agitavam quando gritava.

E, quando ambos montavam para partirem para a caça, deveria ser um espetáculo soberbo ver esses dois gigantes em seus grandes cavalos.

Ora, por volta de meados do inverno desse ano de 1764, o frio foi excessivo e os lobos tornaram-se ferozes.

Chegavam a atacar os camponeses que se atrasavam, rondavam de noite em volta das casas, uivavam do pôr ao nascer do sol e despovoavam os estábulos.

E logo circulou um rumor. Falava-se de um lobo colossal, de pelo cinzento, quase branco, que havia comido duas crianças, devorado o braço de uma mulher, estrangulado todos os cães de guarda da região e que penetrava sem medo nos terrenos cercados para vir farejar debaixo das portas. Todos os habitantes afirmavam ter sentido o seu bafo, que fazia vacilar a chama das velas. E, em breve, um pânico se espalhou por toda a província. Ninguém mais ousava sair depois que anoitecia. As trevas pareciam habitadas pela imagem desse animal.

Os irmãos de Arville resolveram encontrá-lo e matá-lo e convidaram para grandes caçadas todos os fidalgos da região.

Foi em vão. Por mais que percorressem as florestas e revirassem as matas, nunca o encontravam. Matavam-se lobos, mas não aquele. E, em todas as noites que se seguiam à caçada, o animal, como que para se vingar, atacava algum viajante ou devorava alguma rês, sempre longe do local onde o tinham procurado.

Finalmente, uma noite ele penetrou no curral de porcos do castelo de Arville e comeu os dois mais gordos.

Os dois irmãos ficaram inflamados de cólera, considerando este ataque como uma bravata do monstro, uma injúria direta, um desafio. Juntaram todos os seus grandes cães, fortes e habituados a perseguir feras temíveis, e iniciaram a caçada com o coração cheio de furor.

Desde a aurora até hora em que o sol purpúreo se pôs por trás das grandes árvores nuas, eles percorreram as matas sem nada encontrar.

Por fim, furiosos e desolados, os dois regressaram, ao passo dos cavalos, por uma aleia orlada de sarças, espantados da sua ciência ter sido ludibriada por esse lobo e tomados subitamente de uma espécie de temor misterioso.

O mais velho disse:

"Esse animal não é comum. Parece que pensa como um homem."

O mais novo respondeu:

"Talvez devêssemos mandar benzer uma bala pelo nosso primo bispo ou pedir a algum padre para pronunciar as palavras necessárias."

Depois eles se calaram.

Jean voltou a falar:

"Olhe como o sol está vermelho. O grande lobo vai causar alguma desgraça esta noite."

Mal tinha acabado de falar quando o seu cavalo se empinou; o de François começou a dar coices. Uma grande moita coberta de folhas mortas abriu-se diante deles e um animal colossal, todo cinza, surgiu e fugiu correndo através do bosque.

Ambos soltaram uma espécie de grunhido de alegria e, curvando-se sobre o pescoço de seus pesados cavalos, os lançaram para a frente com um impulso de todo o corpo, imprimindo-lhes uma tal velocidade, excitando-os, instigando-os e enlouquecendo-os com a voz, os gestos e as esporas, que os robustos cavaleiros pareciam conduzir os pesados animais entre as coxas, como se voassem.

Iam, assim, a toda velocidade, atravessando os matagais, cruzando os barrancos, subindo as encostas, descendo as gargantas e tocando a trompa a plenos pulmões para chamar a atenção de seus homens e de seus cães.

E eis que, de repente, nessa corrida desenfreada, meu antepassado bateu com a cabeça num enorme galho que lhe partiu o crânio; e caiu ao solo, morto instantaneamente, enquanto o cavalo enlouquecido desaparecia na sombra circundante dos bosques.

O mais novo dos Arville parou imediatamente, saltou para o chão, tomou o irmão nos braços e viu que o cérebro escorria da ferida junto com o sangue.

Então, sentou-se junto ao corpo, colocou nos joelhos a cabeça desfigurada e vermelha e esperou, contemplando a face imóvel do irmão mais velho. Pouco a pouco, um medo o invadia, um medo singular que até então nunca havia sentido, o medo da escuridão, o medo da solidão, o medo do bosque deserto e também o medo do lobo fantástico que acabara de matar o seu irmão para se vingar deles.

As trevas tornavam-se mais densas, o frio agudo fazia estalar as árvores. François levantou-se, tremendo, incapaz de permanecer mais tempo naquele lugar, sentindo-se quase a desmaiar. Não se ouvia mais nada, nem a voz dos cães nem o som das trompas, tudo estava mudo no horizonte invisível; e esse silêncio morno do crepúsculo tinha algo de assustador e estranho.

Tomou em seus braços de gigante o grande corpo de Jean e colocou-o na sela para levá-lo ao castelo; depois, pôs-se lentamente a caminho com o espírito perturbado, como se estivesse bêbado, perseguido por imagens horríveis e surpreendentes.

Subitamente, um grande vulto passou pelo caminho que a noite começava a invadir. Era a fera. Um abalo de pavor percorreu o caçador; alguma coisa fria, como uma gota d'água, deslizou-lhe na altura dos rins e ele, como um monge perseguido pelo diabo, fez um grande sinal da cruz, enlouquecido com este retorno brusco do medonho vagabundo. Mas seus olhos voltaram a pousar no corpo inerte deitado à sua frente e, de repente, passando bruscamente do medo à cólera, estremeceu, possuído por uma raiva incontrolável.

Então, esporeou o cavalo e lançou-se atrás do lobo.

Ele o seguia através das matas, das ravinas e dos bosques, atravessando partes da floresta que já não reconhecia, o olhar fixo na mancha branca que fugia na noite que descera sobre a terra.

Seu cavalo também parecia animado por uma força e um ardor desconhecidos. Galopava, de pescoço estendido, batendo nas árvores e nas rochas, com a cabeça e os pés do morto atravessados na sela. As sarças arrancavam-lhe os cabelos; a fronte, ao bater nos troncos enormes, salpicava-os de sangue; as esporas dilaceravam pedaços de casca.

E, de repente, o animal e o cavaleiro saíram da floresta e se precipitaram num pequeno vale, no instante em que a lua surgia sobre os montes. Este valezinho era pedregoso, fechado por rochas enormes, sem saída possível; e o lobo, encurralado, virou-se.

François soltou então um berro de alegria que os ecos repetiam como um estrondo de trovão, e saltou do cavalo de faca na mão.

A fera, eriçada, de dorso arqueado, esperava-o; seus olhos luziam como duas estrelas. Mas, antes de travar o combate, o robusto caçador, agarrando o irmão, sentou-o numa rocha e, apoiando nas pedras a cabeça que já não passava de uma mancha de sangue, gritou-lhe aos ouvidos, como se estivesse falando com um surdo: "Olhe, Jean! olhe!"

Em seguida, lançou-se sobre o monstro. Sentia-se forte o bastante para derrubar uma montanha, para esmagar pedras com as mãos. O animal quis mordê-lo, procurando abrir-lhe o ventre, mas ele o tinha agarrado pelo pescoço, sem mesmo se servir de sua arma, e o estrangulava lentamente, ouvindo parar a respiração da garganta e as batidas do coração. E ria, gozando loucamente, aumentando cada vez mais a sua formidável pressão, gritando, num delírio de alegria: "Olhe, Jean, olhe!" Toda a resistência cessou; o corpo do lobo tornou-se flácido. Estava morto.

Então François, agarrando-o com os dois braços, carregou-o e veio jogá-lo aos pés do irmão mais velho, repetindo com uma voz emocionada: "Olhe, olhe, olhe, meu pequeno Jean, aqui está ele!"

A seguir, voltou a colocar sobre a sela os dois cadáveres, um em cima do outro, e pôs-se a caminho.

Regressou ao castelo, rindo e chorando, como Gargantua no nascimento de Pantagruel, soltando gritos de triunfo e pulando de alegria ao contar a morte do animal e gemendo e arrancando a barba ao contar a do irmão.

E mais tarde, sempre que recordava esse dia, falava com lágrimas nos olhos: "Se ao menos o pobre Jean tivesse me visto estrangular o outro, teria morrido contente, estou certo disso!"

A viúva do meu antepassado infundiu no filho órfão o horror da caça, que se transmitiu de pai para filho até mim.

O marquês de Arville se calou. Alguém perguntou:

– Essa história é uma lenda, não é?

E o narrador respondeu:

– Juro aos senhores que é inteiramente verdadeira.

Então uma mulher declarou com uma vozinha meiga:

– Tanto faz, é belo ter paixões semelhantes.

(14 de novembro de 1882)

MAGNETISMO

Era no fim de um jantar de homens, na hora dos intermináveis charutos e dos incessantes cálices, na embriaguez e no cálido torpor das digestões, uma ligeira desordem das cabeças após tantas carnes e licores ingeridos e misturados.

Falava-se sobre magnetismo, sobre os truques de Donato e as experiências do doutor Charcot. De súbito, esses homens céticos, amáveis, indiferentes a qualquer religião, começaram a contar fatos estranhos, histórias inacreditáveis, mas que, segundo diziam, haviam ocorrido, recaindo bruscamente em crenças supersticiosas, agarrando-se a este último resto de maravilhoso, convertidos a este mistério do magnetismo, defendendo-o em nome da ciência.

Somente um sorria, um rapaz robusto, grande conquistador e caçador de mulheres, no qual havia se enraizado uma descrença tão completa que ele não admitia nem mesmo discussão.

Repetia com ar de troça: "Conversa! Conversa! Não vamos discutir Donato, que é apenas um fazedor de truques muito esperto. Quanto ao sr. Charcot, que dizem ser um sábio notável, ele me parece um desses escritores do gênero Edgar Poe, que acabam ficando loucos de tanto refletirem sobre estranhos casos de loucura. Ele observou fenômenos nervosos inexplicados e ainda inexplicáveis, avança neste desconhecido que se explora todo dia, e, não podendo ainda compreender o que vê, lembra-se talvez demais das explicações eclesiásticas dos mistérios. Aliás, gostaria de ouvi-lo falar, seria completamente diferente do que os senhores repetem."

Houve uma espécie de movimento de piedade em torno do incrédulo, como se ele tivesse blasfemado em uma assembleia de monges.

Um desses senhores exclamou:

"Aconteceram milagres no passado."

E o outro respondeu:

"Não o nego. Mas por que não existiriam mais?"

Então, cada um contou um caso, pressentimentos fantásticos, comunicações de almas através de longas distâncias, influências secretas de um ser sobre o outro. E diziam, afirmavam que os fatos eram indiscutíveis, enquanto o contestador inflexível repetia: "Conversa! Conversa!."

Por fim ele se levantou, jogou fora o seu charuto e, com as mãos nos bolsos, disse: "Pois bem, eu também vou lhes contar duas histórias, e depois as explicarei. Ei-las:

– No pequeno povoado de Etretat, os homens, todos marinheiros, vão todo ano pescar bacalhau nas costas da Terra Nova. Uma noite, o filho de um desses marujos despertou sobressaltado gritando que seu 'papai morreu nu má'. Acalmaram a criança que acordou de novo gritando que seu 'papai afogô'. Um mês depois, de fato, soube-se que o pai tinha sido carregado pelo mar. A viúva lembrou-se das vezes que a criança despertou. Falaram em milagre, todos se impressionaram, aproximaram as datas e viram que o acidente e o sonho tinham praticamente coincidido; donde se concluiu que ambos tinham acontecido na mesma noite, na mesma hora. Aqui está um mistério do magnetismo."

O narrador interrompeu. Então, um dos ouvintes, muito emocionado, perguntou: "E o senhor explica isso, explica?".

"Perfeitamente, meu senhor, eu encontrei o segredo. O fato tinha me surpreendido e até desconcertado profundamente; mas eu, veja, eu não creio por princípio. Assim como outros começam acreditando, eu começo duvidando; e, quando não compreendo de maneira alguma, continuo a negar toda comunicação telepática entre as almas, certo de que a minha simples inteligência basta. Pois bem, procurei, procurei e acabei, de tanto interrogar todas as mulheres dos marinheiros ausentes, por me convencer de que não se passavam oito dias sem que uma delas ou uma das crianças sonhasse e anunciasse ao despertar que o 'papai morreu nu má'. O constante e horrível temor deste acidente faz com que sempre falem dele, pensem nele o tempo todo. Ora, se uma dessas frequentes predições, por um simples acaso, coincide com uma morte, fala-se logo em milagre, porque se esquece subitamente de todos os outros sonhos, de todos os outros presságios, de todas as outras profecias de mau augúrio que ficaram sem confirmação. E observei, no que me diz respeito, mais de cinquenta delas, cujos autores, oito dias depois, nem se lembravam mais. Mas, se o homem tivesse realmente morrido, a memória teria se avivado imediatamente e se teria celebrado a intervenção, de Deus segundo uns, ou do magnetismo segundo outros."

Um dos fumantes declarou:

"É bastante razoável o que o senhor diz, mas vejamos a sua segunda história."

"Oh! A minha segunda história é muito delicada para contar. É comigo que ela aconteceu, por isso desconfio um pouco da minha própria apreciação. Nunca se é um juiz imparcial quando participamos dos fatos. Mas, enfim, ei-la:

– Nas minhas relações mundanas, havia uma jovem na qual não pensava nunca, que não havia nem mesmo olhado com atenção, ou notado, como se diz.

Eu a classificava entre as insignificantes, embora não fosse feia; enfim, ela me parecia ter olhos, nariz, boca, cabelos comuns, toda uma fisionomia insípida; era um desses seres sobre quem o pensamento só parece pousar por acaso, sem poder se deter, sobre quem o desejo não se debruça.

Ora, uma noite, quando escrevia cartas perto da lareira antes de ir para a cama, eu senti, no meio dessa miscelânea de ideias que afloram ao cérebro quando se fica alguns minutos sonhando, a pena ao ar, uma espécie de pequeno sopro que me atravessava o espírito, um leve arrepio no coração e, imediatamente, sem razão, sem nenhum encadeamento de pensamentos lógicos, eu vi nitidamente, vi como se a tocasse, vi dos pés à cabeça, e sem nenhum véu, essa jovem em quem nunca havia pensado por mais de três segundos seguidos, o tempo que o seu nome me passava pela cabeça. E, subitamente, descobri nela um monte de qualidades que nunca havia observado, um charme suave, um encanto voluptuoso; ela despertou em mim essa espécie de inquietação que nos coloca em busca de uma mulher. Mas não pensei nisso por muito tempo. Deitei-me e adormeci. E sonhei.

Já tiveram esses sonhos singulares, que lhes tornam senhores do impossível, que lhes abrem portas intransponíveis, alegrias inesperadas, caminhos insondáveis, não é?

Qual de nós, nesses sonos agitados, nervosos, ofegantes, não teve, abraçou, moldou, possuiu com uma acuidade de sensação extraordinária, aquela da qual seu espírito estava ocupado? E notaram que delícias sobre-humanas trazem essas galantes aventuras do sonho! Em que loucos êxtases nos lançam, com que espasmos fogosos nos sacodem, e que ternura infinita, acariciante, penetrante nos introduzem no coração por aquela que se mantém desfalecida e ardente, nessa ilusão adorável e brutal que parece uma realidade!

Eu senti tudo isso com uma violência inesquecível. Essa mulher foi minha, tão minha, que a morna doçura de sua pele permanecia em meus dedos, o odor de sua pele permanecia em meu cérebro, o gosto de seus beijos permanecia em meus lábios, o som da sua voz permanecia em meus ouvidos, a sensação do seu abraço em torno de mim, e o encanto ardente da sua ternura em toda a minha pessoa, por muito tempo depois do meu despertar delicioso e decepcionante.

E três vezes nesta mesma noite o sonho se repetiu.

No dia seguinte, ela me atormentava, me possuía, me invadia a cabeça e os sentidos, a tal ponto que eu não ficava mais nem um segundo sem pensar nela.

Por fim, não sabendo o que fazer, vesti-me e fui vê-la. Na sua escada, eu tremia emocionado, meu coração disparava: um desejo ardente me invadia da cabeça aos pés.

Entrei. Ela se levantou ao ouvir o meu nome; e, de repente, nossos olhos se cruzaram com uma fixidez surpreendente. Sentei-me.

Balbuciei algumas banalidades que ela pareceu não ouvir. Eu não sabia o que dizer nem o que fazer; então, bruscamente, lancei-me sobre ela, agarrando-a num grande abraço; e todo o meu sonho realizou-se tão rápido, tão facilmente, tão loucamente, que, de súbito, duvidei se estava acordado. Ela foi minha amante durante dois anos."

"O que o senhor conclui disso?", perguntou uma voz.

O narrador parecia hesitar.

"Eu concluo... eu concluo uma coincidência, é claro! E depois, quem sabe? Talvez um olhar dela que nunca havia notado tenha reaparecido naquela noite, por uma dessas misteriosas chamadas inconscientes da memória que nos apresentam frequentemente coisas negligenciadas pela nossa consciência, que passaram despercebidas diante da nossa inteligência!"

"Tudo o que quiser – concluiu um conviva –, mas, se não acredita no magnetismo depois disso, o senhor é um ingrato, meu caro!"

(5 de abril de 1882)

O Medo

A J. K. Huysmans[2]

Subimos ao tombadilho depois do jantar. Diante de nós, o Mediterrâneo não apresentava a mínima ondulação em toda a sua superfície, iluminado por uma lua grande e plácida. O grande barco deslizava, atirando ao céu semeado de estrelas uma enorme serpente de fumaça negra; e, atrás de nós, a água, toda branca, agitada pela rápida passagem da pesada embarcação, castigada pela hélice, espumava e parecia contorcer-se, desmanchando-se em tantos clarões que se diria que o luar borbulhava.

Éramos seis ou oito que ali nos encontrávamos, silenciosos, em contemplação, o olhar voltado para a África longínqua para onde nos dirigíamos. O comandante, que fumava um charuto conosco, retomou subitamente a conversa do jantar.

– Sim, tive medo naquele dia. Meu navio permaneceu seis horas com o rochedo encravado no bojo, sacudido pelo mar. Felizmente, fomos recolhidos à tarde por um carvoeiro inglês que nos avistara.

Então, um homem alto, de rosto tisnado e aspecto grave, um desses homens que nos dão a impressão de terem atravessado vastos e desconhecidos países, no meio de perigos constantes, e cujo olhar tranquilo parece conservar, lá no fundo, algo das paisagens estranhas que viu, um desses homens que adivinhamos forjados na coragem, falou pela primeira vez:

– Comandante, o senhor diz que teve medo; não acredito nisso. Engana-se em relação ao sentido da palavra e à sensação que experimentou. Um homem enérgico jamais sente medo diante de um perigo iminente. Fica emocionado, agitado, ansioso; mas o medo é outra coisa.

O comandante replicou, rindo:

– Essa agora! Garanto-lhe que tive medo, sim.

Então, o homem de tez bronzeada falou com voz lenta:

– Permitam-me que me explique! O medo (e os homens mais valentes podem sentir medo) é algo terrível, uma sensação atroz, uma espécie de dilaceramento da alma, um tremendo espasmo da inteligência e do coração, cuja simples lembrança nos faz estremecer de angústia. Mas, quando se é corajoso, isso não acontece diante de um ataque, nem diante da morte inevitável, nem diante de qualquer das formas conhecidas do perigo; isso acontece em determinadas circunstâncias anormais, sob determinadas influências misteriosas e diante de riscos vagos. O verdadeiro medo é algo como uma reminiscência dos terrores fantásticos de outrora. Um homem que acredita em fantasmas e que imagina ver espectros à noite deve sentir o medo em todo o seu medonho horror.

Quanto a mim, descobri o medo em pleno dia, há cerca de dez anos. Tornei a senti-lo durante o inverno passado, numa noite de dezembro.

E, no entanto, passei por muitos perigos, por muitas aventuras que pareciam mortais. Lutei muitas vezes. Fui largado como morto por ladrões. Na América, fui condenado à forca como insurreto, e fui atirado ao mar do tombadilho de um navio, nas costas da China. Em cada uma dessas ocasiões, julguei-me perdido e resignei-me à situação sem sentir compaixão nem lamentar-me.

Mas o medo não é isso.

Pressenti-o na África. Entretanto, ele é filho do Norte; o sol dissipa-o como a um nevoeiro. Reparem bem, senhores. Para os orientais, a vida não tem valor; a resignação é fácil; as noites são límpidas e sem lendas, as almas igualmente livres das sombrias inquietações que perseguem os cérebros nos países frios. No Oriente, podem conhecer o pânico, mas ignoram o medo.

Pois bem, eis o que me aconteceu nas terras da África:

Eu atravessava as grandes dunas ao sul de Ouargla. É uma das mais estranhas regiões do mundo. Os senhores conhecem a areia compacta, a areia lisa das intermináveis praias do oceano. Pois bem! Imaginem o próprio oceano transformado em areia em meio a um furacão; imaginem uma tempestade silenciosa de vagas imóveis de poeira amarela. São altas como montanhas, essas vagas desiguais, estranhas, erguidas como ondas desencadeadas, porém maiores ainda e estriadas como o chamalote. Sobre esse mar furioso, mudo e imóvel, o sol meridional, incandescente, incide sua chama implacável e direta. É preciso escalar essas vagas de cinza dourada, descer, tornar a subir, subir o tempo todo, sem descanso nem sombra. Os cavalos arquejam, afundam até os joelhos e escorregam ao descer a outra vertente dessas surpreendentes colinas.

Éramos dois amigos acompanhados por oito *spahis*[3] e quatro camelos com os respectivos cameleiros. Não falávamos mais, prostrados de calor e fadiga, e ressequidos pela sede como esse deserto ardente. De súbito, um dos nossos homens soltou uma espécie de grito; todos pararam e permanecemos imóveis, surpreendidos por um inexplicável fenômeno conhecido pelos viajantes daquelas regiões perdidas.

Em algum lugar, perto de nós, numa direção indeterminada, um tambor rufava, o misterioso tambor das dunas; rufava distintamente, ora mais forte, ora mais fraco, parando e depois recomeçando seu rufar fantástico.

Os árabes olhavam-se apavorados e um deles disse na sua língua: "A morte paira sobre nós". E eis que, inesperadamente, meu companheiro, meu amigo, quase meu irmão, caiu do cavalo, de cabeça, fulminado por uma insolação.

E durante duas horas, enquanto em vão eu tentava salvá-lo, esse tambor invisível encheu-me os ouvidos com seu rufar monótono, intermitente e incompreensível; e, diante desse morto querido, naquele buraco incendiado pelo sol, entre quatro montes de areia, eu sentia o medo insinuar-se dentro dos meus ossos, o verdadeiro medo, o horrível medo, enquanto o eco desconhecido nos trazia, a duzentas léguas de qualquer aldeia francesa, o rufar rápido do tambor.

Naquele dia compreendi o que era sentir medo; soube-o ainda melhor numa outra vez...

O comandante interrompeu o narrador:

– Perdão, senhor, mas esse tambor? O que era?

O viajante respondeu:

– Não sei. Ninguém sabe. Os oficiais, surpreendidos muitas vezes por esse ruído singular, atribuem-no geralmente ao eco ampliado, multiplicado, desmesuradamente aumentado por aquela série de pequenos vales formados nas dunas, eco formado pelas saraivadas de grãos de areia carregados pelo vento que esbarram em tufos de ervas secas; pois sempre se observou que o fenômeno ocorre nas proximidades daquelas plantinhas queimadas pelo sol e duras como pergaminho.

Esse tambor, portanto, não passaria de uma espécie de miragem sonora. Aí está. Mas só soube disso mais tarde.

Chego à minha segunda emoção.

Foi no inverno passado, numa floresta a nordeste da França. A noite chegou duas horas mais cedo, de tal modo o céu estava sombrio. Tinha por guia um camponês que caminhava ao meu lado por uma trilha muito estreita, sob uma abóbada de abetos através de cuja ramagem uivava um vento furioso. Por entre a copa das árvores, via nuvens correndo em desordem, nuvens enlouquecidas que pareciam fugir de algo aterrador. Às vezes, sob uma rajada violenta, toda a floresta se inclinava na mesma direção com um gemido de dor: e o frio me invadia, apesar do meu passo rápido e das minhas roupas pesadas.

Devíamos cear e dormir na casa de um guarda florestal da qual nos aproximávamos. Eu ia lá para caçar.

Às vezes, meu guia erguia os olhos e murmurava: "Que tempo horrível!" Depois falou-me das pessoas da casa para onde íamos. Dois anos antes, o pai matara um caçador furtivo e desde então se tornara taciturno, como que perseguido por uma recordação. Tinha dois filhos casados que viviam em sua companhia.

As trevas eram cerradas. Nada via à minha frente nem à minha volta, e a ramagem das árvores que se entrechocavam enchia a noite de um contínuo sussurro. Enfim, avistei uma luz, e meu companheiro não tardou em bater a uma porta. Responderam-nos gritos agudos de mulheres. Depois, uma voz de homem, uma voz abafada, perguntou: "Quem vem lá?" Meu guia se identificou. Entramos. O que se viu, então, foi um quadro inesquecível.

Um velho de cabelos brancos, olhar de louco, com uma espingarda engatilhada na mão, esperava-nos de pé no meio da cozinha, enquanto dois robustos rapazes armados de machados guardavam a porta. Divisei duas mulheres ajoelhadas em cantos sombrios, o rosto voltado contra a parede.

Explicamo-nos. O velho tornou a encostar a arma na parede e mandou preparar o meu quarto; depois, como as mulheres não se movessem, disse-me bruscamente:

"Veja, senhor, matei um homem faz dois anos nesta noite. No ano passado ele voltou para chamar-me. Espero-o ainda esta noite".

E acrescentou num tom que me fez sorrir:

"Por causa disso não estamos tranquilos."

Tranquilizei-o como pude, feliz por ter vindo justamente naquela noite e assim assistir ao espetáculo desse terror supersticioso. Contei algumas histórias e quase cheguei a acalmar todos eles.

Junto à lareira, um velho cão, bigodudo e quase

cego, um desses cães que se parecem com conhecidos nossos, dormia com o focinho entre as patas.

Lá fora, a tempestade enfurecida sacudia a pequena casa e, através de uma estreita vidraça, colocada junto à porta, eu via, de repente, à luz de grandes relâmpagos, o arvoredo açoitado pelo vento.

Apesar dos meus esforços, percebia que um terror profundo dominava aquelas pessoas e, sempre que parava de falar, todos os ouvidos escutavam ao longe. Cansado de assistir a medos imbecis, ia pedir para me deitar quando, de súbito, o velho guarda saltou de sua cadeira, tornou a apanhar a espingarda, balbuciando com uma voz alucinada:

"Ele está aqui! Ele está aqui! Ouço-o." As duas mulheres tornaram a cair de joelhos em seus cantos, escondendo o rosto; e os filhos voltaram a pegar nos machados. Ia tentar novamente acalmá-los quando o cão adormecido despertou de repente, levantou a cabeça, esticou o pescoço e, fitando o fogo com seus olhos quase cegos, soltou um desses uivos lúgubres que fazem estremecer os viajantes quando passam à noite pelos campos. Todos os olhos voltaram-se para ele, que agora permanecia imóvel, erguido sobre as patas como que perseguido por uma visão, uivando para qualquer coisa invisível, desconhecida, medonha sem dúvida, pois tinha o pelo todo eriçado. O guarda, lívido, gritou: "Ele o está sentindo! Ele o está sentindo! Ele estava lá quando o matei." E as duas mulheres, desvairadas, começaram a uivar junto com o cão.

Involuntariamente, um grande arrepio percorreu-me a espinha. A alucinação do animal, naquele lugar, àquela hora, no meio daquela gente alucinada, era um espetáculo medonho.

Então, durante uma hora, o cão uivou sem se mover; uivou como na angústia de um pesadelo; e o medo, o horrível medo, apoderou-se de mim. Medo de quê? Será que sei? Era o medo, eis tudo.

Permanecíamos imóveis, lívidos, na expectativa de algo pavoroso, o ouvido atento, o coração agitado, sobressaltando-nos ao menor ruído. E o cão começou a andar em torno da sala, farejando as paredes e continuando a ganir. Esse animal nos enlouquecia. De repente, o camponês que me trouxera, tomado por uma espécie de paroxismo de terror, jogou-se sobre ele e, abrindo a porta que dava para um pequeno pátio, enxotou-o.

Imediatamente o cão se calou: e nós ficamos mergulhados num silêncio ainda mais aterrador. Depois, todos nós estremecemos ao mesmo tempo: um ser deslizava contra a parede externa da casa, do lado da floresta; passou pela porta, que pareceu tatear com mãos hesitantes; depois não se ouviu mais nada durante dois minutos que quase nos enlouqueceram; em seguida, tornou a voltar, sempre roçando a parede; e arranhou-a ligeiramente como faria uma criança com a unha; e, subitamente, uma cabeça surgiu atrás da fresta de vidro, uma cabeça branca com olhos luminosos como os das feras. E um som saiu-lhe da boca, um som indistinto, um murmúrio de lamento.

Então, um estrondo formidável ressoou na cozinha. O velho guarda disparara. Imediatamente, os filhos se precipitaram e taparam a fresta, empurrando contra ela a enorme mesa que prenderam com o aparador.

Juro-lhe que, ao ouvir o inesperado tiro, senti uma tal angústia no coração, na alma e no corpo, que me senti desfalecer, prestes a morrer de medo.

E assim ficamos até o nascer do sol, incapazes de fazer um só movimento, de dizer uma única palavra, tomados de um intraduzível pânico.

Ninguém ousou desobstruir a porta a não ser quando percebemos, por uma fenda do alpendre, um tênue raio de luz.

Junto à parede, contra a porta, o velho cão jazia, a garganta despedaçada por uma bala.

Saíra do pátio cavando um buraco por baixo da cerca.

O homem de rosto moreno calou-se; depois acrescentou:

"Nessa noite, entretanto, não corri nenhum perigo; mas preferiria reviver todas as horas nas quais enfrentei os mais terríveis perigos, ao simples minuto do tiro sobre a cabeça barbuda atrás da fresta envidraçada."

(23 de outubro de 1882)

Aparição

Falava-se de sequestro a propósito de um processo recente. Era no fim de uma reunião íntima, à rua Grenelle, numa antiga mansão, e cada um tinha uma história para contar, um caso que afirmavam ser autêntico.

Então, o velho marquês de la Tour-Samuel, com oitenta e dois anos de idade, levantou-se e foi encostar-se à lareira. Falou com sua voz um pouco trêmula:

– Eu também conheço um fato estranho, tão estranho que foi a obsessão da minha vida. Já decorreram cinquenta e seis anos desde que me aconteceu esta aventura e não se passa um mês sem que a reviva em sonho. Ficou-me daquele dia uma marca, uma cicatriz do medo, compreendem? Sim, durante dez minutos fui vítima de um horrível pavor, e daí por diante uma espécie de terror permanente ficou na minha alma. Qualquer ruído inesperado me faz estremecer até o fundo do coração; e sinto uma vontade louca de fugir dos objetos que não distingo bem à noite. Enfim, a noite me dá medo.

Oh! Não teria feito semelhante confissão antes de ter atingido a idade que tenho. Agora posso dizer tudo. É permitido não ser corajoso diante dos perigos imaginários quando se tem oitenta e dois anos. Diante de perigos reais nunca recuei, minhas senhoras.

Esta história deixou-me tão perturbado, de uma forma tão profunda, misteriosa e terrível, que nunca ousei contá-la. Guardei-a no meu fundo mais íntimo, nesse fundo onde ocultamos os segredos dolorosos, os segredos vergonhosos, as fraquezas inconfessáveis que acompanham a nossa vida.

Vou contar-lhes a aventura tal como se passou, sem procurar explicá-la. É certo que pode ser explicada, a menos que eu tenha tido a minha hora de loucura. Mas não, não estive louco, e vou prová-lo. Podem imaginar o que quiserem. Eis os fatos puros e simples.

Foi em 1827, no mês de julho. Encontrava-me em Rouen, aquartelado.

Um dia, quando passeava pelo cais, deparei com um homem que acreditei reconhecer, sem me lembrar exatamente quem era. Instintivamente, fiz um movimento para deter-me. O estranho percebeu esse gesto, olhou-me e caiu-me nos braços.

Era um amigo de mocidade de quem muito gostara. Havia cinco anos que não o via e parecia ter envelhecido meio século. Tinha os cabelos completamente brancos; e andava curvado como se estivesse exausto. Compreendeu a minha surpresa e falou-me de sua vida. Uma terrível desgraça o atingira.

Apaixonara-se perdidamente por uma moça e desposara-a numa espécie de êxtase de felicidade. Depois de um ano de uma felicidade sobre-humana e de uma paixão insaciável, ela morrera repentinamente de uma doença de coração, vítima do próprio amor, sem dúvida.

Ele deixara o castelo no próprio dia do enterro e viera morar no seu solar de Rouen. Aí vivia, solitário e desesperado, corroído pela dor, tão infeliz que só pensava no suicídio.

"Já que o encontrei" – ele me disse – "vou pedir-lhe que me preste um grande favor: ir buscar na minha casa, na secretária do meu quarto, do nosso quarto, alguns papéis de que tenho necessidade urgente. Não posso encarregar desta tarefa um subalterno ou um homem de negócios, pois faço questão de uma discrição impenetrável e de um silêncio absoluto. Quanto a mim, por nada deste mundo voltaria a entrar naquela casa.

"Dar-lhe-ei a chave do quarto que eu mesmo fechei antes de partir e a chave da minha secretária. Além disso, você entregará um bilhete meu ao jardineiro, que lhe abrirá a porta do castelo.

"Venha almoçar comigo amanhã e conversaremos sobre o assunto."

Prometi prestar-lhe esse pequeno favor. Aliás, não passaria de um passeio para mim, já que a sua propriedade ficava a cerca de cinco léguas de Rouen. Levaria uma hora a cavalo.

No dia seguinte, às dez horas, estava em sua casa. Almoçamos a sós, mas ele não pronunciou vinte palavras. Pediu-me que o desculpasse: a ideia da visita que eu faria ao quarto onde jazia a sua felicidade transtornava-o, explicou-me. Com efeito, pareceu-me singularmente agitado, preocupado, como se um misterioso combate se travasse em sua alma.

Finalmente, explicou-me o que eu devia fazer. Era muito simples. Devia retirar dois maços de cartas e um rolo de papéis da primeira gaveta do móvel do qual tinha a chave. Acrescentou:

"Não preciso pedir-lhe que não os leia."

Senti-me quase ofendido com estas palavras e dei-lhe a perceber um tanto vivamente. Ele balbuciou:

"Perdoe-me, sofro demais."

E começou a chorar.

Era uma hora quando o deixei para executar a minha missão.

Fazia um tempo magnífico, e eu ia a galope através das planícies, ouvindo o canto das cotovias e o ruído ritmado do sabre batendo contra a minha bota.

Depois entrei na floresta e obriguei o cavalo a seguir a passo. Ramos de árvores acariciavam-me o rosto; e, às vezes, eu apanhava uma folha com os dentes e mastigava-a avidamente, numa dessas alegrias de viver que nos invadem sem se saber por que, numa felicidade tumultuosa e como que indefinível, numa espécie de embriaguez de energia.

Ao aproximar-me do castelo, procurei no bolso a carta que trazia para o jardineiro e percebi com espanto que estava lacrada. Fiquei tão surpreso e irritado que quase voltei sem ter cumprido a minha missão. Depois pensei que assim daria mostra de uma suscetibilidade de mau gosto. Além disso, perturbado como estava, meu amigo poderia ter fechado o bilhete sem reparar.

A mansão parecia estar abandonada havia vinte anos. O portão de madeira, aberto e apodrecido, permanecia de pé não se sabe como. A erva cobria as aleias; não se distinguiam mais os canteiros dos relvados.

Com o barulho que fiz dando pontapés numa janela, um velho saiu de uma porta lateral e pareceu estupefato ao ver-me. Saltei do cavalo e entreguei-lhe a carta. Ele a leu, releu, virou, examinou-me por cima do papel, enfiou-o no bolso e perguntou:

"Pois bem! O que deseja?"

Respondi bruscamente:

"Você deve saber, pois acaba de receber as ordens de seu patrão; quero entrar no castelo."

Ele parecia aterrado. Insistiu:

"Então, o senhor pretende ir... ao quarto dela?"

Começava a impacientar-me:

"Ora essa! Está querendo me interrogar, por acaso?"

Ele balbuciou:

"Não... senhor... mas é que... é que não foi aberto desde... desde a... morte. Se fizer o favor de esperar cinco minutos, vou... vou ver se..."

Interrompi-o, irritado:

"Ah! Vejamos, está zombando de mim? Não pode entrar lá, porque a chave está comigo."

Ele não sabia mais o que dizer.

"Nesse caso, vou mostrar-lhe o caminho."

"Mostre-me a escada e deixe-me. Eu o encontrarei muito bem sem você."

"Mas... senhor... contudo..."

Dessa vez perdi completamente a paciência.

"Agora cale-se, está bem? Ou vai se entender comigo."

Afastei-o com violência e entrei na casa.

Primeiro atravessei a cozinha, depois duas pequenas peças onde moravam aquele homem e sua mulher. Em seguida, transpus um grande vestíbulo, subi a escada e reconheci a porta que o meu amigo me indicara.

Abri-a sem dificuldade e entrei.

O aposento estava tão escuro que a princípio não consegui distinguir nada. Detive-me impressionado por aquele insípido cheiro de mofo das peças desabitadas e condenadas, dos quartos mortos. Depois, pouco a pouco, meus olhos habituaram-se à obscuridade e vi com bastante nitidez uma grande peça em desordem, com uma cama sem lençóis, mas que conservava o colchão e os travesseiros, um dos quais tinha a marca profunda de um cotovelo ou de uma cabeça, como se alguém tivesse acabado de se apoiar aí.

As cadeiras pareciam estar fora do lugar. Reparei que uma porta, a porta de um armário sem dúvida, ficara entreaberta.

Em primeiro lugar, dirigi-me à janela para fazer entrar um pouco de luz no quarto e abri-a; mas os ferrolhos do guarda-vento estavam tão enferrujados que não consegui fazê-los ceder.

Tentei até quebrá-los com o sabre, mas não consegui. Irritado com a inutilidade dos meus esforços, e como afinal meus olhos estivessem perfeitamente habituados à sombra, desisti de enxergar melhor e dirigi-me à secretária.

Sentei-me numa poltrona, baixei a tampa, abri a gaveta indicada. Estava cheia até as bordas. Só precisava de três pacotes que sabia como reconhecer, e comecei a procurá-los.

Arregalava os olhos, decifrando os sobrescritos, quando julguei ouvir, ou melhor, sentir um leve roçar atrás de mim. Não lhe dei atenção, imaginando que uma corrente de ar agitara algum tecido. Porém, um minuto depois, outro movimento, quase imperceptível, fez passar pela minha pele um pequeno arrepio singular e desagradável. Sentir-me emocionado, por pouco que fosse, pareceu-me tão idiota que não quis me virar, por pudor. Acabava de encontrar o segundo maço de papéis que viera buscar; e justamente deparava com o terceiro, quando um grande e doloroso suspiro, soltado junto ao meu ombro, fez-me dar um salto louco de dois metros. Com o impulso me voltei, a mão no punho do sabre; é provável, porém, que, se não o tivesse sentido junto ao corpo, teria fugido como um covarde.

De pé, atrás da poltrona em que me sentara um minuto antes, fitava-me uma mulher alta, vestida de branco.

Senti um tal tremor nos membros que quase caí de costas! Oh! Ninguém pode compreender, a menos que o tenha sentido, esse pavor estúpido e terrível. A alma funde-se; não sentimos mais o coração bater, todo o corpo se torna mole como uma esponja; parece que todo o nosso interior desmorona.

Não acredito em fantasmas; pois bem! Desfaleci, esmagado pelo hediondo medo dos mortos, e sofri! Oh! Sofri em alguns instantes mais do que em todo o resto da minha vida, vítima da angústia irresistível dos terrores sobrenaturais.

Se ela não falasse, talvez eu tivesse morrido! Mas ela falou; falou com uma voz doce e dolorosa que fazia vibrar os nervos. Não ousaria dizer que voltei a ficar senhor de mim mesmo e que recobrei a razão. Não. Estava tão desvairado que não sabia mais o que fazia; mas essa espécie de orgulho íntimo que tenho em mim, e um pouco de orgulho profissional também, levavam-me a conservar, à força, uma atitude honrosa. Fiz pose para mim e também para ela, sem dúvida, fosse quem fosse, mulher ou espectro. Só mais tarde compreendi isso, pois no momento da aparição não pensava em mais nada, asseguro-lhes. Tinha medo.

Ela disse:

"Oh! O senhor pode fazer-me um grande favor?"

Tentei responder, mas não consegui articular uma única palavra. Um ruído vago saiu da minha garganta.

Ela prosseguiu:

"Consente? O senhor pode salvar-me, curar-me. Sofro terrivelmente. Sofro, oh! Como sofro!"

Sentou-se suavemente na minha poltrona. Olhava-me:

"Consente?"

Respondi "Sim!" com a cabeça, pois a voz continuava paralisada.

Então, ela me estendeu um pente de tartaruga e murmurou:

"Penteie-me; oh! Penteie-me; isso me curará; preciso que me penteiem. Veja a minha cabeça... Como sofro! E como meus cabelos me machucam!"

Seus cabelos soltos, que me pareciam muito compridos e negros, escorriam pelo espaldar da poltrona e tocavam o chão.

Por que fiz aquilo? Por que recebi, trêmulo, aquele pente e por que segurei seus longos cabelos que me deixaram na pele uma atroz sensação de frio, como se lidasse com serpentes? De nada sei.

A sensação permaneceu em meus dedos e estremeço só em pensar.

Penteava-a. Manuseava não sei como aquela cabeleira de gelo. Torci-a, prendi-a e soltei-a; trancei-a como se trança a crina de um cavalo. Ela suspirava, inclinava a cabeça, parecia feliz.

De súbito disse-me: "Obrigada!", arrancou-me o pente das mãos e fugiu pela porta que me parecera entreaberta.

Ficando só, senti durante alguns segundos aquele sobressalto alucinado do despertar após um pesadelo. Depois me recuperei; corri à janela e quebrei os guarda-ventos com um furioso empurrão.

Um jorro de luz penetrou no quarto. Corri para a porta por onde esse ser tinha saído. Encontrei-a fechada e inabalável.

Então, um desejo febril de fugir me invadiu, um pânico, o verdadeiro pânico das batalhas. Apanhei rapidamente na secretária aberta os três maços de cartas; atravessei o aposento correndo, desci os degraus da escada de quatro em quatro, encontrei-me lá fora não sei como e, avistando meu cavalo a dez passos de distância, montei-o com um salto e parti a galope.

Só parei em Rouen, diante do meu alojamento. Atirei as rédeas à minha ordenança e fui direto ao meu quarto, onde me tranquei para refletir.

E, durante uma hora, perguntei ansiosamente a mim mesmo se não fora vítima de uma alucinação. Sem dúvida, sofrera um desses inexplicáveis abalos nervosos, uma dessas perturbações mentais que dão origem aos milagres e aos quais o Sobrenatural deve o seu poder.

Sentia-me inclinado a acreditar numa visão, numa ilusão dos sentidos, quando me aproximei da janela. Meus olhos, por acaso, desceram até o meu peito. Meu dólmã estava cheio de longos cabelos de mulher que se tinham enrolado nos botões.

Tirei-os um a um e joguei-os fora com os dedos trêmulos.

Depois chamei a minha ordenança. Estava muito emocionado, muito perturbado para procurar meu amigo naquele mesmo dia. E, além disso, queria refletir maduramente sobre o que deveria dizer-lhe.

Mandei o soldado levar-lhe as cartas e ele lhe entregou um recibo. Perguntou muito por mim. Disseram-lhe que eu estava doente, que sofrera um ataque de insolação ou coisa parecida. Mostrou-se apreensivo.

Fui visitá-lo no dia seguinte, de manhã bem cedo, resolvido a contar-lhe a verdade. Saíra na véspera à noite e não regressara.

Voltei durante o dia, ninguém o tornara a ver. Esperei uma semana. Não reapareceu. Então avisei a polícia. Procuraram-no por toda a parte, sem descobrirem o menor traço da sua passagem ou do seu refúgio.

Uma revista minuciosa foi feita no castelo abandonado. Nada de suspeito foi descoberto.

Nenhum vestígio revelou que uma mulher tivesse sido escondida no seu interior.

Como a investigação não levou a nada, as buscas foram interrompidas.

E, durante cinquenta e seis anos, de nada soube. De nada mais sei.

(4 de abril de 1883)

A Mãe dos Monstros

Lembrei-me dessa horrível história e dessa horrível mulher ao ver passar, outro dia, numa praia de que os ricos gostam muito, uma parisiense conhecida, jovem, elegante, encantadora, adorada e respeitada por todos.

Minha história já data de longe, mas essas coisas não se esquecem.

Tinha sido convidado por um amigo para ficar algum tempo em sua casa, numa pequena cidade de província. Para me fazer as honras da casa, ele levou-me a todos os cantos, fez-me ver as paisagens elogiadas, os castelos, as indústrias, as ruínas; mostrou-me os monumentos, as igrejas, as velhas portas esculpidas, árvores de enorme porte ou de forma estranha, o carvalho de Santo André e o teixo de Roqueboise.

Quando tinha examinado, com exclamações de entusiasmo benevolente, todas as curiosidades da região, meu amigo me declarou, com um ar desolado, que não havia mais nada para visitar. Respirei. Ia poder, então, repousar um pouco à sombra das árvores. Mas, de repente, ele soltou um grito:

"Ah, sim! Temos a mãe dos monstros, você precisa conhecê-la."

Perguntei:

"Quem? A mãe dos monstros?"

Replicou:

"É uma mulher abominável, um verdadeiro demônio, um ser que dá à luz, todo ano, voluntariamente, crianças disformes, horríveis, medonhas, monstros enfim, e vende-os a exibidores de fenômenos.

"Esses abomináveis industriais vêm se informar, de tempos em tempos, se ela produziu algum novo aborto e, quando o indivíduo lhes agrada, levam-no, pagando uma renda à mãe.

"Tem onze rebentos dessa natureza. É rica.

"Pensa que brinco, que invento, que exagero. Não, meu amigo. Só lhe conto a verdade, a pura verdade.

"Vamos ver essa mulher. Depois direi como ela se tornou uma fábrica de monstros."

• • •

Levou-me para os arredores.

Ela morava numa linda casinha à beira da estrada. Agradável e bem tratada. O jardim, cheio de flores, cheirava bem.

Parecia a residência de um tabelião afastado dos negócios.

Uma criada nos fez entrar em uma espécie de pequeno salão rústico, e a miserável apareceu.

Tinha cerca de quarenta anos. Era uma pessoa alta, de traços duros, mas bem feita, vigorosa e sã, o tipo exato da camponesa robusta, meio-selvagem e meio-mulher.

Sabia da reprovação de que era alvo e parecia só receber as pessoas com uma humildade rancorosa.

Perguntou:

"O que é que os senhores desejam?"

Meu amigo respondeu:

"Disseram-me que o seu último filho era como todo mundo. Que não se parecia de forma alguma com os irmãos. Quis assegurar-me disso. É verdade?"

Ela lançou-nos um olhar dissimulado e furioso e respondeu:

"Oh, não! Oh, não! Meu pobre senhor. Ele é talvez ainda mais feio que os outros. Não tenho sorte, nenhuma sorte mesmo. Todos assim, meu bom senhor, todos assim, uma tristeza, será possível que o bom Deus seja tão duro assim com uma pobre mulher completamente só no mundo, será possível?"

Ela falava depressa, de olhos baixos, com ar hipócrita, igual a um animal feroz que tem medo. Adoçava o tom áspero de sua voz e era de espantar que essas palavras lacrimosas e desfiadas em falsete saíssem desse grande corpo ossudo, demasiado forte, de ângulos grosseiros, que parecia feito para os gestos veementes e para uivar à maneira dos lobos.

Meu amigo pediu:

"Gostaríamos de ver o seu pequeno".

Ela me pareceu corar. Será que me enganei? Depois de alguns instantes de silêncio, falou num tom de voz mais alto:

"Pra qui é qu'isso lhes serviria?"

E voltara a erguer a cabeça, lançando-nos olhadelas rápidas que faiscavam.

Meu companheiro respondeu:

"Por que não quer nos deixar vê-lo? Há muitas pessoas a quem você o mostra. Você sabe de quem estou falando."

Ela teve um sobressalto e, soltando a voz, deu vazão à sua cólera, gritando:

"Foi para isso que vieram, não é? Para me insultarem, hein? Porque os meus filhos são como animais, não é? Vocês não o verão, não, não, não verão mesmo, vão embora, vão embora. Não sei por qu'é que todos têm que me atormentar assim!"

Avançava para nós com as mãos nos quadris. Ao som brutal da sua voz, uma espécie de gemido, ou melhor, um miado, um grito lamentoso de idiota, saiu da sala vizinha. Estremeci até a medula. Recuávamos à sua frente.

Meu amigo falou num tom severo:

"Tome cuidado, sua Diabo (chamavam-na 'A Diabo' entre o povo), tome cuidado, porque mais dia menos dia isso vai lhe trazer desgraça."

Ela começou a tremer de raiva, fora de si, agitando as mãos e berrando:

"Vão embora! O que é que vai me trazer desgraça? Vão embora! Bando de ateus!"

Ia nos agredir. Fugimos com o coração crispado.

Quando já estávamos fora, meu amigo me perguntou:

"Pois bem! Você a viu? O que me diz?"

Respondi:

"Conte-me então a história dessa selvagem."

E eis o que me contou quando voltávamos, a passos lentos, pela grande estrada branca orlada de cereais já maduros que um vento suave, ao soprar, fazia ondular como um mar calmo.

• • •

Essa moça, outrora, tinha servido como criada em uma fazenda e era corajosa, comportada e econômica. Não lhe conheciam nenhum namorado e não lhe suspeitavam qualquer fraqueza.

Cometeu uma falta, como o fazem todas, numa tarde de colheita, no meio dos molhos ceifados, sob um céu de tempestade, quando o ar imóvel e pesado parece cheio de um calor de fornalha e encharca de suor os corpos morenos dos rapazes e das moças.

Logo viu que estava grávida e passou a ser torturada pela vergonha e pelo medo. Querendo a todo custo esconder sua desgraça, comprimia violentamente o ventre com um sistema que havia inventado, um espartilho sólido feito de tabuinhas e de cordas. Quanto mais o seu ventre inchava com o esforço da criança que crescia, mais ela apertava o instrumento de tortura, sofrendo o martírio, mas resistindo corajosamente à dor, sempre sorridente e ágil, sem deixar ver ou suspeitar nada.

Ela estropiou em suas entranhas o pequeno ser, apertado pela máquina medonha; comprimiu-o, deformou-o, fez dele um monstro. Seu crânio comprimido alongou-se, surgiu em ponta com dois grandes olhos totalmente saídos para fora da testa. Os membros apertados contra o corpo nasceram tortos como a madeira das vinhas e cresceram desmesuradamente, acabando em dedos semelhantes a patas de aranhas.

O tronco ficou muito pequeno e redondo como uma noz.

Ela deu à luz em pleno campo numa manhã de primavera.

Quando as lavradoras, que tinham vindo em seu auxílio, viram o animal que saía do seu corpo, fugiram gritando. E espalhou-se pela região o boato de que ela tinha posto no mundo um demônio. Foi desde essa época que passaram a chamá-la de "A Diabo".

• • •

Foi expulsa do lugar que ocupava. Viveu de caridade e talvez de amor na obscuridade, porque era uma bela moça e nem todos os homens têm medo do inferno.

Criou o seu monstro que, aliás, odiava com um ódio selvagem e que talvez tivesse estrangulado, se o cura, prevendo o crime, não a tivesse assustado com a ameaça da justiça.

Ora, um dia, exibidores de fenômenos que passavam ouviram falar do horrendo aborto e pediram para vê-lo, a fim de o levarem se lhes agradasse. Foi do seu agrado e pagaram à mãe, imediatamente, quinhentos francos. Ela, a princípio envergonhada, recusava mostrar essa espécie de animal; mas, quando descobriu que ele valia dinheiro, que excitava a cobiça dessas pessoas, começou a regatear, a discutir cêntimo por cêntimo, enaltecendo as deformidades do filho, elevando os seus preços com uma tenacidade de camponesa.

Para não ser roubada, assinou um papel com eles. E estes comprometeram-se a pagar, além disso, quatrocentos francos por ano, como se tivessem tomado este animal ao seu serviço.

Este ganho inesperado enlouqueceu a mãe, e o desejo de dar à luz um outro fenômeno, para acumular rendimentos como uma burguesa, não a largou mais.

Como era fértil, conseguiu o seu propósito e tornou-se hábil, ao que parece, em variar as formas dos seus monstros, conforme as pressões a que os submetia durante o tempo da gravidez.

Teve uns compridos e outros curtos, uns semelhantes a caranguejos, outros semelhantes a lagartos. Vários morreram; ela ficou desolada.

A justiça tentou intervir, mas nada pôde provar. Deixaram-na, portanto, fabricar os seus fenômenos em paz.

Possui, atualmente, onze bem vivos que lhe rendem, em média, cinco a seis mil francos. Só um ainda não foi vendido, aquele que ela não quis nos mostrar. Mas não o guardará por muito tempo, porque hoje em dia é conhecida por todos os charlatões do mundo, que vêm, de tempos em tempos, ver se ela tem alguma coisa de novo.

Promove até leilões entre eles quando o indivíduo vale a pena.

• • •

O meu amigo se calou. Um nojo profundo pesava em meu coração, e uma cólera tumultuosa, um arrependimento por não ter estrangulado essa selvagem quando a tinha ao alcance da mão.

Perguntei:

"Mas quem é o pai?"

Ele me respondeu:

"Não se sabe. Ele ou eles têm um certo pudor. Se escondem. Talvez dividam os lucros."

Não pensava mais nesta longínqua aventura, quando avistei, outro dia, numa praia da moda, uma mulher elegante, encantadora, coquete, amada, rodeada de homens que a respeitavam.

Eu ia pela areia, na companhia de um amigo, o médico da estação balneária. Dez minutos depois, vi uma criada que guardava três crianças que rolavam na areia.

Um par de pequenas muletas que jazia por terra emocionou-me. Percebi, então, que esses três pequenos seres eram disformes, corcundas, curvados, horríveis.

O doutor me disse:

"São os frutos da encantadora mulher que você acaba de encontrar."

Uma profunda piedade por eles e por ela inundou-me a alma. Exclamei:

"Oh, pobre mãe! Como pode ainda rir?"

Meu amigo me respondeu:

"Não a lamente, meu caro. São os pobres pequenos que é preciso lamentar. Eis os resultados das silhuetas que permanecem esbeltas até o último dia. Aqueles monstros são fabricados por meio de espartilho. Ela bem sabe que arrisca a vida nesse jogo, mas que lhe importa isso, contanto que seja bela e amada?"

E lembrei-me da outra, a camponesa, "A Diabo", que vendia os seus fenômenos.

(12 de junho de 1883)

Carta de um Louco

Meu caro doutor, eu me coloco nas suas mãos. Faça de mim o que o senhor achar melhor.

Vou descrever-lhe, de maneira bem franca, o meu estranho estado de espírito, e o senhor julgará se não seria melhor que tratassem de mim durante algum tempo em uma casa de saúde, em vez de me deixar sujeito às alucinações e sofrimentos que me perseguem.

Eis a história, longa e exata, do mal singular da minha alma.

• • •

Eu vivia como todo mundo, contemplando a vida com os olhos abertos e cegos do homem, sem me espantar e sem compreender. Vivia como vivem os animais, como vivemos todos, executando todas as funções da existência, examinando e acreditando ver, acreditando saber, acreditando conhecer o que me cercava, quando, um dia, percebi que tudo é falso.

Foi uma frase de Montesquieu que, bruscamente, iluminou meu pensamento. Ei-la: "Um órgão a mais ou a menos em nossa máquina teria feito de nós uma outra inteligência.

"... Enfim, todas as leis estabelecidas sobre o que é nossa máquina de um certo modo seriam diferentes se nossa máquina não fosse desta maneira."[4]

Refleti sobre isso durante meses e meses e, pouco a pouco, uma estranha clareza penetrou em mim.

Com efeito – nossos órgãos são os únicos intermediários entre o mundo exterior e nós. Quer dizer que o ser interior, que constitui *o eu*, encontra-se em contato, por meio de alguns filetes nervosos, com o ser exterior que constitui o mundo.

Ora, não só este ser exterior nos escapa por suas proporções, sua duração, suas propriedades infinitas e impenetráveis, suas origens, seu porvir ou seus fins, suas formas longínquas e suas manifestações infinitas, como nossos órgãos só nos fornecem informações incertas e pouco numerosas sobre a parte dele que nos é acessível.

Incertas, porque são apenas as propriedades de nossos órgãos que determinam para nós as propriedades aparentes da matéria.

Pouco numerosas, porque sendo nossos sentidos apenas em número de cinco, o campo de suas investigações e a natureza de suas revelações se acham muito restritas.

Explico-me. – O olho nos indica as dimensões, as formas e as cores. "Ele nos engana sobre esses três pontos."

Só pode nos revelar objetos e seres de dimensão média, proporcionais ao talhe humano, o que nos levou a aplicar a palavra grande a certas coisas e a palavra pequeno a outras, somente porque sua fraqueza não lhe permite conhecer o que é muito grande ou muito pequeno para ele. De onde resulta que ele não conhece e não vê quase nada, que o Universo quase todo lhe permanece oculto, a estrela que habita o espaço e o animálculo que habita a gota d'água.

Ainda que tivesse cem milhões de vezes a sua potência normal, se percebesse no ar que respiramos todas as espécies de seres invisíveis, como os habitantes dos planetas vizinhos, ainda existiriam um número infinito de raças de animais menores e de mundos tão longínquos que ele não os atingiria.

Portanto, todas as nossas ideias de proporção são falsas, já que não há limite possível, nem para a grandeza nem para a pequenez.

Nossa apreciação sobre as dimensões e as formas não tem nenhum valor absoluto, sendo determinada unicamente pela potência de um órgão e por uma comparação constante com nós mesmos.

Acrescentemos que o olho é, ainda, incapaz de ver o transparente. Um copo sem defeito o ilude. Ele o confunde com o ar, que também não vê.

Passemos à cor.

A cor existe porque nosso olho é constituído de tal modo que transmite ao cérebro, sob forma de cor, as diversas maneiras como os corpos absorvem e decompõem, segundo sua constituição química, os raios luminosos que os atingem.

Todas as proporções dessa absorção e dessa decomposição constituem os matizes.

Este órgão, portanto, impõe ao espírito a sua maneira de ver, ou melhor, a sua forma arbitrária de constatar as dimensões e de apreciar as relações da luz e da matéria.

Examinemos o ouvido.

Mais ainda do que com o olho, nós somos as vítimas ingênuas deste órgão fantasista.

Dois corpos que se chocam produzem um certo tremor da atmosfera. Este movimento faz vibrar em nossa orelha uma certa película que transforma imediatamente em ruído o que, na realidade, é apenas uma vibração.

A natureza é muda. Mas o tímpano possui a propriedade miraculosa de transmitir-nos sob a forma de sensações, e de sensações diferentes segundo o número de vibrações, todos os rumores das ondas invisíveis do espaço.

Esta metamorfose executada pelo nervo auditivo no curto trajeto do ouvido ao cérebro permitiu-nos criar uma arte estranha, a música, a mais poética e a mais precisa das artes, vaga como um sonho e exata como a álgebra.

E o que dizer do gosto e do cheiro? Conheceríamos os perfumes e a qualidade dos alimentos sem as estranhas propriedades do nosso nariz e do nosso paladar?

Entretanto, a humanidade poderia existir sem a audição, sem o paladar e sem o olfato, quer dizer, sem nenhuma noção do ruído, do sabor e do odor.

Se tivéssemos, portanto, alguns órgãos a menos, ignoraríamos coisas admiráveis e singulares, mas, se tivéssemos alguns órgãos a mais, descobriríamos em torno de nós uma infinidade de outras coisas de que nunca suspeitaremos por falta de meios de constatá-las.

Enganamo-nos, pois, julgando o Conhecido, e estamos cercados pelo Desconhecido inexplorado.

Logo, tudo é incerto e apreciável de maneiras diferentes.

Tudo é falso, tudo é possível, tudo é duvidoso.

Formulemos esta certeza servindo-nos do velho ditado: "Verdade deste lado dos Pirineus, erro do outro".

E digamos: verdade em nosso órgão, erro ao lado.

Dois e dois não devem mais ser quatro fora da nossa atmosfera.

Verdade sobre a Terra, erro mais além, donde concluo que os mistérios entrevistos como a eletricidade, o sono hipnótico, a transmissão da vontade, a sugestão, todos os fenômenos magnéticos, só nos permanecem ocultos porque a Natureza não nos forneceu o órgão ou os órgãos necessários para compreendê-los.

Depois de me convencer de que tudo o que os meus sentidos me revelam só existe para mim tal como o percebo e que seria totalmente diferente para um outro ser organizado de outra maneira; depois de concluir que uma humanidade concebida de maneira diversa teria sobre o mundo, sobre a vida, sobre tudo ideias completamente opostas às nossas – pois o acordo das crenças resulta apenas da similitude dos órgãos humanos e as divergências de opinião provêm somente de ligeiras diferenças de funcionamento dos nossos filetes nervosos –, fiz um esforço sobre-humano para conjecturar o insondável que me cerca.

Enlouqueci?

Disse a mim mesmo: "Estou cercado de coisas desconhecidas". Imaginei o homem sem ouvidos, conjecturando o som como conjecturamos tantos mistérios ocultos, constatando fenômenos acústicos dos quais não poderia determinar, nem a natureza nem a procedência. E tive medo de tudo à minha volta, medo do ar, medo da noite. Já que não podemos conhecer quase nada, já que tudo é ilimitado, o que resta? O vazio não existe? O que há no aparente vazio?

E esse terror confuso do sobrenatural que habita o homem desde o nascimento do mundo é legítimo, pois não é outra coisa senão aquilo que nos permanece oculto.

Então compreendi o medo. Pareceu-me que tocava, continuamente, na descoberta de um segredo do Universo.

Tentei estimular meus órgãos, excitá-los, fazê-los perceber por momentos o invisível.

Disse a mim mesmo: "Tudo é um ser. O grito que atravessa o ar é um ser comparável ao animal, porque nasce, produz um movimento e transforma-se novamente para morrer. Ora, o espírito receoso que acredita em seres incorporais não está enganado, então. Quem são eles?"

Quantos homens os pressentem, estremecem à sua chegada, tremem ao seu misterioso contato? Sentem-nos perto de si, em torno de si, mas não conseguem distingui-los, porque não possuímos o olho que os veria, ou melhor, o órgão desconhecido que poderia descobri-los.

Nesse caso, mais do que ninguém, eu os sentia, esses passageiros sobrenaturais. Seres ou mistérios? Será que sei? Não poderia dizer o que são, mas poderia assinalar a sua presença. E eu vi – vi um ser invisível –, tanto quanto se podem ver esses seres.

Passava noites inteiras imóvel, sentado diante da mesa, a cabeça entre as mãos, pensando neles. Muitas vezes pensei que uma mão intangível, ou melhor, um corpo imperceptível roçava-me levemente os cabelos.

Não me tocava, pois não era de essência carnal, mas de essência imponderável, desconhecida.

Ora, uma noite, ouvi o assoalho estalar atrás de mim. Ele estalou de um modo singular. Estremeci. Voltei-me. Nada vi. E não pensei mais nisso.

Mas no dia seguinte, na mesma hora, o mesmo ruído se produziu. Tive tanto medo que me levantei, certo, certo de que não estava sozinho no meu quarto. Entretanto, não se via nada. O ar estava límpido, transparente por toda parte. Meus dois candeeiros iluminavam todos os cantos.

O ruído não recomeçou, e eu me acalmei pouco a pouco; no entanto, permanecia inquieto e me virava muitas vezes.

No dia seguinte tranquei-me cedo, imaginando como poderia chegar a ver o Invisível que me visitava.

E eu o vi. Quase morri de terror.

Tinha acendido a minha lareira e todas as velas do meu lustre. O aposento estava iluminado como para uma festa. Meus dois candeeiros ardiam sobre a mesa.

Diante de mim, a minha cama, uma velha cama de carvalho com colunas. À direita, a lareira. À esquerda, a porta cuidadosamente fechada. Atrás de mim, um armário muito alto com um espelho. Estava diante dele. Tinha olhos estranhos e as pupilas muito dilatadas.

Depois sentei-me, como todos os dias.

O ruído se produzira, na véspera e na antevéspera, às nove horas e vinte e dois minutos. Esperei. Quando chegou o momento preciso, senti algo indescritível, como se um fluido, um fluido irresistível tivesse penetrado em mim por todas as partes do meu corpo, mergulhando a minha alma num terror atroz. E o estalo ocorreu, bem perto de mim.

Levantei-me, virando-me tão depressa que quase caí. Enxergava-se como em pleno dia, e eu não me vi no espelho! Ele estava vazio, claro, cheio de luz. Minha imagem não estava lá, e eu estava diante dele. Olhava-o com um olhar alucinado. E não ousava mais avançar, sentindo que ele estava entre nós, ele, o Invisível que me ocultava.

Oh! Como tive medo! Depois, subitamente comecei a avistar-me numa bruma no fundo do espelho, numa bruma como que através da água; e me parecia que essa água deslizava da esquerda para a direita, lentamente, tornando a minha imagem mais precisa a cada segundo. Era como o fim de um eclipse. O que me ocultava não possuía contornos, mas uma espécie de transparência opaca que ia clareando pouco a pouco.

Pude, enfim, distinguir-me completamente, assim como faço todos os dias ao olhar-me.

Eu o tinha visto!

E não o vi de novo.

Mas eu o aguardo a todo o momento, e sinto que minha cabeça se perde nessa espera.

Fico diante do espelho durante horas, noites, dias, semanas, para esperá-lo! Ele não vem mais.

Percebeu que eu o vira. Mas sinto que o esperarei sempre, até a morte, que o esperarei sem descanso, diante desse espelho, como um caçador à espreita.

E, nesse espelho, começo a ver imagens loucas, monstros, cadáveres horrendos, todas as espécies de animais horripilantes, de seres atrozes, todas as visões inverossímeis que devem habitar o espírito dos loucos.

•   •   •

Eis a minha confissão, meu caro doutor. Diga-me, o que devo fazer?

(17 de fevereiro de 1885)

Um Caso de Divórcio

O advogado da sra. Chassel tomou a palavra:

Senhor presidente,
Senhores juízes,

A causa que estou encarregado de defender perante os senhores diz respeito muito mais à medicina do que à justiça e constitui muito mais um caso patológico do que um caso de direito comum. Os fatos parecem simples à primeira vista.

Um homem jovem, muito rico, de alma nobre e exaltada, de coração generoso, apaixona-se por uma moça absolutamente bela, mais do que bela, adorável, tão graciosa, encantadora, boa e terna quanto bonita, e a desposa.

Durante algum tempo, ele se comporta como um esposo cheio de cuidados e carinhos; depois, passa a negligenciá-la, a tratá-la com rudeza, parece sentir por ela uma repulsa incontrolável, uma aversão irresistível. Um dia chega mesmo a bater-lhe, não só sem nenhuma razão, como também sem nenhum pretexto.

Não descreverei, senhores, as suas maneiras bizarras, incompreensíveis para todos. Não contarei a vida abominável destes dois seres e a horrível dor dessa jovem mulher.

Para convencê-los, bastará que eu leia alguns fragmentos de um diário escrito todos os dias por esse pobre homem, por esse pobre louco. Porque é diante de um louco que estamos, meus senhores, e o caso é tanto mais curioso, tanto mais interessante quanto lembra em muitos pontos a demência do desgraçado príncipe, morto recentemente, do bizarro rei que reinou platonicamente na Baviera. Chamarei a este caso: a loucura poética.

Lembram-se de tudo o que se contou sobre esse príncipe estranho. Ele mandou construir verdadeiros castelos de contos de fadas no meio das paisagens mais magníficas do seu reino. Já que a própria realidade da beleza das coisas e dos lugares não lhe bastava, imaginou, criou, nessas incríveis mansões, horizontes fictícios, obtidos por meio de artifícios teatrais, cenários móveis, florestas pintadas, impérios de fábulas onde as folhas das árvores eram pedras preciosas. Surgiram Alpes e geleiras, estepes e desertos de areia queimados pelo Sol; e, à noite, sob os raios da verdadeira Lua, lagos iluminados por fantásticas luzes elétricas. Nesses lagos nadavam cisnes e deslizavam canoas, enquanto uma orquestra, composta pelos melhores executantes do mundo, embriagava de poesia a alma do louco real.

Esse homem era casto, esse homem era virgem. Nunca amou senão um sonho, o seu sonho o seu sonho divino.

Uma noite, levou na sua barca uma mulher jovem, bela, uma grande artista, e pediu-lhe para cantar. Cantou, inebriada ela própria pela admirável paisagem, pela morna suavidade do ar, pelo perfume das flores e pelo êxtase desse príncipe jovem e belo.

Cantou, como cantam as mulheres a quem o amor toca, e depois, enlouquecida, fremente, precipitou-se sobre o rei procurando-lhe os lábios.

Mas ele atirou-a no lago e, pegando nos remos, alcançou a margem, sem se preocupar se a salvavam.

Estamos, senhores juízes, diante de um caso inteiramente semelhante. Limitar-me-ei agora a ler passagens do diário que descobrimos em uma gaveta da escrivaninha.

(..)

Como tudo é triste e feio, sempre igual, sempre odioso. Como sonho com uma terra mais bela, mais nobre, mais variada. Como seria pobre a imaginação do seu Deus, se este Deus existisse ou se não tivesse criado outras coisas, em outro lugar.

Sempre bosques, bosquezinhos, rios que se parecem com rios, planícies que se parecem com planícies; tudo é semelhante e monótono. E o homem!... O homem?... Que animal horrível, perverso, orgulhoso e repugnante.

(..)

Era preciso amar, amar perdidamente, sem olhar o que se ama. Porque ver é compreender, e compreender é desprezar. Era preciso amar, embriagando-nos dela como nos embriagamos de vinho, de forma a não mais saber o que se bebe. E beber, beber, beber sem tomar fôlego, dia e noite!

(..)

Acho que encontrei. Ela tem, em todo o seu ser, algo de ideal que não parece deste mundo e que dá asas ao meu sonho. Ah! O meu sonho, como me mostra os seres diferentes do que são. Ela é loura, de um louro suave, com cabelos que possuem nuances inexprimíveis. Seus olhos são azuis! Só os olhos azuis arrebatam a minha alma. Toda a mulher, a mulher que trago no fundo do coração, me surge no olhar, só no olhar.

Oh! Mistério! Que mistério? O olhar... Todo o Universo está nele, já que ele o vê, já que ele o reflete. Contém o Universo, as coisas e os seres, as florestas e os oceanos, os homens e os animais, os poentes, as estrelas, as artes, tudo, tudo, vê, colhe e leva; e nele há ainda algo mais, há a alma, há o homem que pensa, o homem que ama, o homem que ri, o homem que sofre! Oh! Reparem nos olhos azuis das mulheres, naqueles que são profundos como o mar, mutáveis como o céu, tão doces, tão doces, doces como as brisas, doces como a música, doces como beijos, e transparentes, tão cristalinos que se pode ver através deles, que se vê a alma, a alma azul que os colore, que os anima, que os diviniza.

Sim, a alma tem a cor do olhar. Só a alma azul contém em si o sonho, ela tomou o seu azul das ondas e do espaço.

O olhar! Pensem nele! O olhar! Bebe a vida aparente para alimentar o pensamento. Bebe o mundo, a cor, o movimento, os livros, os quadros, tudo o que é belo e tudo o que é feio, e transforma tudo isso em ideias. E, quando nos olha, dá-nos a sensação de uma felicidade que não é desta Terra. Faz-nos pressentir o que sempre ignoramos; faz-nos compreender que as realidades dos nossos sonhos não passam de miseráveis restos.

(..)

Eu a amo também pelo seu modo de andar.

"Mesmo quando o pássaro anda, sente-se que ele tem asas", disse o poeta.

Quando ela passa, nota-se que é de uma raça diferente das mulheres comuns, de uma raça mais leve e mais divina.

(..:..........)

Desposo-a amanhã... Tenho medo... tenho medo de tantas coisas.

(..)

Dois animais, dois cães, dois lobos, duas raposas vagueiam pelos bosques e se encontram. Um é macho, o outro é fêmea. Copulam por um instinto bestial que os obriga a perpetuar a raça, a sua raça, aquela da qual possuem a forma, o pelo, o porte, os movimentos e os hábitos.

Todos os animais fazem o mesmo sem saber por quê!

Nós também...

(..)

Foi isso que fiz ao desposá-la. Obedeci a este impulso imbecil que nos lança para a fêmea.

Ela é minha mulher. Enquanto a desejei idealmente foi para mim o sonho irrealizável prestes a se realizar. A partir do exato instante em que a tive em meus braços, tornou-se apenas o ser de que a Natureza se servira para iludir todas as minhas esperanças.

Iludiu-as? Não. E, contudo, estou farto dela, farto a ponto de não poder tocá-la, de não poder roçá-la com a mão ou com os lábios sem que meu coração seja tomado por um nojo inexprimível, talvez não nojo dela, mas uma repugnância mais elevada, maior, mais desdenhosa, a repugnância pelo enlace amoroso, tão vil, que se tornou para todos os seres refinados um ato vergonhoso que é preciso esconder, do qual se fala em voz baixa, corando.

(..)

Não posso mais ver a minha mulher aproximar-se de mim, chamando-me com o sorriso, com o olhar, com os braços. Não posso mais. Antigamente pensei que seu beijo me levaria ao céu. Um dia, ela ficou doente, com uma febre passageira, e senti no seu hálito o sopro tênue, sutil, quase imperceptível, das podridões humanas. Fiquei transtornado!

Oh! A carne, estrume sedutor e vivo, putrefação que anda, que pensa, que fala, que olha e que sorri, onde fermentam os alimentos, que é rósea, bela, tentadora, enganadora como a alma...

(..)

Por que somente as flores cheiram tão bem, as grandes flores deslumbrantes ou pálidas, cujos tons, cujas nuances agitam o meu coração e perturbam os meus olhos? São tão belas, de estruturas tão finas, variadas e sensuais, entreabertas como órgãos, mais tentadoras do que bocas e côncavas com lábios curvos, dentados, carnudos, pulverizados por uma semente de vida que, em cada uma, engendra um perfume diferente.

São as únicas no mundo que se reproduzem sozinhas, sem nódoa para a sua inviolável raça, exalando ao redor o incenso divino do seu amor, o suor aromático de suas carícias, a essência dos seus corpos incomparáveis, desses corpos ornados com todas as graças, elegâncias e formas, que têm o esplendor de todas as colorações e a sedução inebriante de todos os perfumes...

(..)

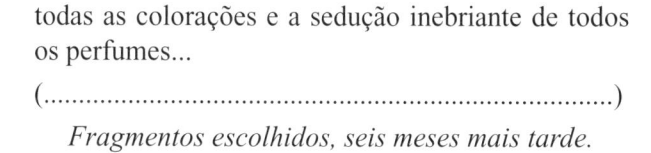

Fragmentos escolhidos, seis meses mais tarde.

Amo as flores, não como flores, mas como seres materiais e deliciosos; passo meus dias e minhas noites nas estufas onde as escondo como se fossem mulheres de um harém.

Quem conhece, além de mim, a doçura, a loucura, o êxtase fremente, carnal, ideal, sobre-humano dessas carícias; e esse beijos na carne rósea, na carne vermelha, na carne branca miraculosamente diferente, delicada, rara, fina, untuosa das admiráveis flores?

Tenho estufas onde ninguém entra além de mim e daquele que trata delas.

Entro lá como quem penetra num lugar de prazer secreto. Passo, primeiramente, na elevada galeria de vidro, entre duas filas de corolas fechadas, entreabertas ou desabrochadas que se inclinam do chão ao teto. É o primeiro beijo que me enviam.

Essas, essas flores, as que enfeitam este vestíbulo das minhas misteriosas paixões, são minhas servas e não minhas favoritas.

Elas me saúdam ao passar com o seu brilho mutável e suas frescas exalações. São graciosas, elegantes, dispostas em oito filas à direita e oito filas à esquerda, e tão cerradas que parecem dois jardins descendo-me aos pés.

Meu coração palpita, meu olhar se incendeia ao vê-las, meu sangue se agita nas veias, minha alma se exalta e minhas mãos já tremem de desejo de tocá-las. Passo. Ao fundo desta elevada galeria existem três portas fechadas. Posso escolher. Tenho três haréns.

Mas entro com maior frequência no local onde ficam as orquídeas, as minhas feiticeiras preferidas. Seu aposento é baixo, sufocante. O ar úmido e quente umedece a pele, faz arfar a garganta e tremer os dedos. Essas filhas estranhas vêm de regiões pantanosas, ardentes e insalubres. São atraentes como sereias, mortais como venenos, admiravelmente bizarras, enervantes, assustadoras. Existem aqui algumas que parecem borboletas com asas enormes, patas esguias e olhos! Porque elas têm olhos! Elas me olham, me veem esses seres prodigiosos, inverossímeis, essas fadas, filhas da terra sagrada, do ar impalpável e da quente luz, essa mãe do mundo. Sim, têm asas, olhos e matizes que nenhum pintor pode imitar, todos os encantos, todas as graças, todas as formas que se possam sonhar. Têm o flanco oco, aromático e transparente, aberto para o amor e mais tentador que toda a carne das mulheres. Os inimagináveis desenhos de seus pequenos corpos lançam a alma em êxtase no paraíso das imagens e das volúpias ideais. Estremecem em seus caules como se quisessem voar. Voarão? Virão até mim? Não, é meu coração que voa sobre elas como um macho místico e torturado de amor.

Nenhuma asa de animal pode tocá-las. Estamos sós, eu e elas, na prisão clara que lhes construí. Eu as olho e as contemplo, as admiro e as adoro uma após a outra.

Como são carnudas, profundas, rosadas, de um rosa que umedece os lábios de desejo! Como as amo! A borda de seu cálice é frisada, mais pálida que a garganta, e aí se esconde a corola, boca misteriosa, sedutora, açucarada em contato com a língua, revelando e ocultando os órgãos delicados, admiráveis e sagrados destas pequenas criaturas divinas que cheiram bem e não falam.

Às vezes, tenho por uma delas uma paixão que dura tanto quanto a sua existência, alguns dias, algumas noites. Retiram-na então da galeria comum e encerram-na em um encantador gabinete de vidro onde murmura um fio d'água sobre um leito de relva tropical vindo das ilhas do grande Pacífico. E eu fico junto dela, ardente, febril e atormentado, sabendo que sua morte está próxima e vendo-a murchar enquanto a possuo, a aspiro, a bebo e colho sua curta vida em uma inexprimível carícia.

(...)

Quando terminou a leitura destes fragmentos, o advogado prosseguiu:

A decência, senhores juízes, impede-me de continuar a relatar as singulares confissões deste louco vergonhosamente idealista. Os poucos fragmentos que acabo de lhes apresentar serão suficientes, creio eu, para apreciarem este caso de doença mental, menos raro do que se julga em nossa época de demência histérica e decadência corrupta. Penso, então, que a minha cliente tem mais do que qualquer outra mulher o direito de exigir o divórcio, na situação excepcional em que a coloca a estranha perturbação mental de seu marido.

(31 de agosto de 1886)

O Horla[5]

(primeira versão)

O doutor Marrande, o mais ilustre e eminente dos alienistas, pedira a três dos seus colegas e a quatro sábios, que se ocupavam das ciências naturais, para virem passar uma hora com ele, na casa de saúde que dirigia, a fim de lhes mostrar um de seus doentes.

Assim que os seus amigos se encontraram reunidos, disse-lhes: "Vou apresentar-lhes o caso mais bizarro e inquietante que já encontrei. Aliás, não tenho nada a dizer-lhes sobre o meu cliente. Ele próprio falará." Então o doutor tocou uma campainha. Um criado mandou um homem entrar. Ele era muito magro, de uma magreza cadavérica, como são magros certos loucos obcecados por uma ideia, porque o pensamento doente devora a carne do corpo mais do que a febre ou a tuberculose.

Tendo cumprimentado, sentou-se e disse:

– Meus senhores, sei por que estão reunidos aqui e estou pronto para contar-lhes a minha história, como me pediu o meu amigo doutor Marrande. Durante muito tempo, julgou-me louco. Hoje duvida. Dentro de algum tempo, todos saberão que tenho um espírito tão são, lúcido e perspicaz quanto o dos senhores, infelizmente para mim, para os senhores e para toda a humanidade.

Mas desejo começar pelos próprios fatos, pelos simples fatos. Ei-los:

Tenho quarenta e dois anos. Não sou casado e possuo fortuna suficiente para viver com um certo luxo. Assim, morava numa propriedade às margens do Sena, em Biessard, perto de Rouen. Amo a caça e a pesca. Ora, tinha atrás de mim, acima dos grandes rochedos que dominavam a minha casa, uma das mais belas florestas da França, a de Roumare, e à minha frente um dos mais belos rios do mundo.

Minha casa é grande, pintada de branco por fora, linda, antiga, cercada por um grande jardim com árvores magníficas e que sobe até a floresta, escalando os enormes rochedos de que lhes falava há instantes.

Minha criadagem compõe-se, ou melhor, compunha-se de um cocheiro, um jardineiro, uma camareira, uma cozinheira e uma roupeira, que era ao mesmo tempo uma espécie de despenseira. Todas essas pessoas moravam na minha casa havia dez ou dezesseis anos, conheciam-me, conheciam a residência, a região, todo o ambiente que me rodeava. Eram bons e tranquilos servidores. Isso interessa para o que vou dizer.

Acrescento que o Sena, que se estende ao longo do meu jardim, é navegável até Rouen, como devem saber, e que todos os dias via passar grandes navios a vela ou a vapor vindos de todos os cantos do mundo.

Contudo, há um ano, no outono passado, fui atacado repentinamente por estranhas e inexplicáveis indisposições. Primeiro, foi uma espécie de inquietação nervosa que me mantinha acordado durante noites inteiras, uma superexcitação tal que o menor ruído me provocava sobressaltos. Meu humor tornou-se azedo. Tinha cóleras súbitas e inexplicáveis. Chamei um médico que me receitou brometo de potássio e duchas.

Comecei, então, a aplicar-me duchas da manhã à noite e a tomar brometo. Logo, com efeito, recomecei a dormir, mas com um sono ainda mais terrível do que a insônia. Mal me deitava, fechava os olhos e desaparecia. Sim, caía no nada, no nada absoluto, numa morte de todo o ser da qual era bruscamente, horrivelmente, arrancado pela horrível sensação de um peso esmagador sobre o peito e de uma boca sobre a minha, que bebia a minha vida por entre os lábios. Ah! esses sobressaltos! não conheço nada de mais horrível.

Imaginem um homem que dorme, a quem tentam assassinar e que acorda com uma faca na garganta; e agoniza, coberto de sangue, e não pode mais respirar, e vai morrer e não compreende nada – aí está!

Emagrecia de uma forma inquietante, contínua; e percebi, subitamente, que o meu cocheiro, que era muito gordo, começava a emagrecer como eu.

Por fim, perguntei-lhe:

"O que é que você tem, Jean? Está doente?"

Ele respondeu:

"Acho que peguei a mesma doença que o senhor. São as minhas noites que me arruínam os dias."

Pensei então que havia na casa uma epidemia de febre, devido à proximidade do rio, e estava a ponto de me afastar por dois ou três meses, embora estivéssemos em plena temporada de caça, quando um pequeno fato muito estranho, observado por acaso, conduziu-me a uma tal cadeia de descobertas inverossímeis, fantásticas e apavorantes, que decidi ficar.

Uma noite, tendo sede, bebi meio copo d'água e notei que a jarra, colocada sobre a cômoda em frente da cama, estava cheia até a tampa de cristal.

Durante a noite, tive um desses sonos terríveis de que acabo de lhes falar. Acendi uma vela, cheio de angústia, e, quando quis beber de novo, percebi estupefato que a garrafa estava vazia. Não podia acreditar nos meus olhos. Ou tinham entrado no meu quarto, ou eu era sonâmbulo.

Na noite seguinte, quis fazer a mesma prova. Fechei, então, a minha porta a chave para estar certo de que ninguém poderia entrar no quarto. Adormeci e acordei como todas as noites. Tinham bebido toda a água que vira duas horas antes.

Quem bebera essa água? Eu, sem dúvida, e, no entanto, estava certo, absolutamente certo de não ter feito um só movimento durante o meu sono profundo e doloroso.

Então recorri a estratagemas para me convencer de que não realizava esses atos inconscientes. Uma noite, coloquei ao lado da jarra uma garrafa de vinho *bordeaux*, uma xícara de leite, que detesto, e bolos de chocolate, que adoro.

O vinho e os bolos permaneceram intactos. O leite e a água desapareceram. Substituí, então, todos os dias, as bebidas e os alimentos. Nunca tocaram nas coisas sólidas, compactas e, em matéria de líquidos, só beberam leite fresco e principalmente água.

Mas conservava na alma essa dúvida dilacerante. Não seria eu que me levantava sem ter consciência disso e que bebia até as coisas que detestava, porque os sentidos, entorpecidos pelo sono sonambúlico, podiam ter sido modificados, ter perdido suas repugnâncias habituais e adquirido gostos diferentes?

Utilizei então um novo estratagema contra mim mesmo. Envolvi todos os objetos em que devia infalivelmente tocar com ataduras de musselina branca e cobri-os ainda com um guardanapo de cambraia.

Depois, na hora de deitar, esfreguei as mãos, os lábios e os bigodes com grafite.

Ao despertar, todos os objetos tinham permanecido imaculados, se bem que tivessem sido tocados, porque o guardanapo não estava como eu o colocara; e, além disso, tinham bebido leite e água. Ora, nem a porta trancada com um fecho de segurança nem as portas da janela fechadas com cadeado podiam ter deixado entrar alguém.

Nessa altura, fiz a mim mesmo esta temível pergunta: Quem é que estava, todas as noites, junto a mim?

Sinto, senhores, que estou lhes contando isto depressa demais. Sorriem, já têm a opinião formada: "É um louco". Deveria descrever-lhes longamente essa emoção de um homem que, trancado em casa, são de espírito, olha, através do vidro de uma jarra, um pouco d'água desaparecida enquanto dormia. Deveria fazê-los compreender essa tortura renovada todas as noites e todas as manhãs, esse invencível sono e esse despertar ainda mais terrível.

Mas continuo.

De súbito, o milagre cessou. Não tocavam mais em nada no meu quarto. Terminara. Aliás, sentia-me melhor. Recuperava a alegria quando soube que um dos meus vizinhos, o sr. Legite, se encontrava exatamente no estado em que eu estivera. Voltei a acreditar na existência de uma epidemia de febre na região. O meu cocheiro deixara-me havia um mês, bastante doente.

O inverno passara, começava a primavera. Ora, uma manhã, quando passeava junto do canteiro das roseiras, eu vi, vi nitidamente, bem perto de mim, o caule de uma das mais belas rosas quebrar-se como se uma mão invisível a tivesse colhido; em seguida, a flor seguiu a curva que teria descrito um braço ao levá-la até a boca, e ficou suspensa no ar transparente, sozinha, imóvel, assustadora, a três passos dos meus olhos.

Desvairado, lancei-me sobre ela para agarrá-la. Nada encontrei. Ela havia desaparecido. Então, fui tomado de uma cólera furiosa contra mim mesmo. Não se admite que um homem sensato e sério tenha semelhantes alucinações!

Mas seria realmente uma alucinação? Procurei o caule. Logo o encontrei no arbusto recém-quebrado entre as duas outras rosas que ficaram no ramo; porque vira perfeitamente que eram três.

Então, voltei para casa com o espírito perturbado. Meus senhores, ouçam-me, estou calmo; não acreditava no sobrenatural, ainda hoje não acredito; mas, a partir desse instante, fiquei certo, certo como do dia e da noite, de que existia perto de mim um ser invisível que me perseguia, que me deixara e que agora retornava.

Algum tempo depois, tive a prova disso.

Para começar, surgiam todos os dias entre os criados discussões furiosas por mil causas aparentemente fúteis, mas, a partir de então, cheias de sentido para mim.

Um copo, um belo copo de Veneza, quebrou-se sozinho, em pleno dia, no armário da sala de jantar.

O camareiro acusou a cozinheira, que acusou a roupeira, que acusou não sei quem.

Portas que tinham sido fechadas à noite estavam abertas de manhã. Roubavam leite, todas as noites, na copa – Ah!

O que ele era? De que natureza? Uma curiosidade nervosa, um misto de cólera e terror, mantinha-me dia e noite num estado de agitação extrema.

Mas a casa voltou a tornar-se calma; e recomeçara a pensar que se tratavam de sonhos, quando aconteceu o seguinte:

Era 20 de julho, às nove horas da noite. Fazia muito calor; deixara a janela completamente aberta e o candeeiro aceso sobre a mesa, iluminando um volume de Musset aberto na *Nuit de Mai*; depois estendera-me numa grande poltrona, onde adormeci.

Ora, tendo dormido cerca de quarenta minutos, abri os olhos sem fazer um movimento, despertado por não sei que emoção confusa e estranha. A princípio, nada vi, depois, de repente, pareceu-me que uma página do livro acabava de virar-se sozinha. Nenhuma corrente de ar entrara pela janela. Fiquei surpreso e esperei. Uns quarenta minutos depois, eu vi, eu vi, sim, eu vi, meus senhores, com os meus próprios olhos, uma outra página erguer-se e pousar sobre a precedente como se um dedo a tivesse folheado. A poltrona parecia vazia, mas compreendi que ele estava ali! Atravessei o quarto num salto para apanhá-lo, para tocá-lo, para agarrá-lo, se isso fosse possível... Mas a poltrona, antes que eu a alcançasse, virou como se alguém tivesse fugido diante de mim; o candeeiro caiu e apagou-se, quebrando o vidro; e a janela, bruscamente empurrada como se um malfeitor a tivesse agarrado ao fugir, foi bater com o fecho... Ah!...

Corri para a campainha e chamei. Quando o meu camareiro apareceu, disse-lhe:

"Derrubei e quebrei tudo. Arranje-me luz."

Naquela noite não dormi mais. E, no entanto, podia ter sido mais uma vez vítima de uma ilusão. Ao despertar, os sentidos permaneceram confusos. Não seria eu quem tinha derrubado a poltrona e a luz, ao precipitar-me como um louco?

Não, não tinha sido eu! Sabia-o a ponto de não duvidar nem por um segundo. E, entretanto, queria acreditar nisso.

Esperem. O Ser! Como o chamarei? O Invisível. Não, isso não basta. Batizei-o de Horla. Por quê? Não sei. E o Horla não me deixava mais. Dia e noite, eu tinha a sensação, a certeza da presença desse vizinho inacessível, e também a certeza de que se apoderava da minha vida, hora após hora, minuto após minuto.

A impossibilidade de vê-lo exasperava-me, e acendia todas as luzes do meu quarto como se eu pudesse descobri-lo nessa claridade.

Finalmente, eu o vi.

Os senhores não acreditam em mim. Mas eu o vi.

Estava sentado diante de um livro qualquer, sem ler, só espreitando, com todos os meus órgãos superexcitados, espiando aquele que sentia perto de mim. Ele estava lá, certamente. Mas onde? O que fazia? Como atingi-lo?

Diante de mim, a minha cama, uma velha cama de carvalho com colunas. À direita, a lareira. À esquerda, a porta, que fechara cuidadosamente. Atrás de mim, um armário muito alto com um espelho que me servia todos os dias para me barbear e me vestir, e onde eu tinha o hábito de me olhar, da cabeça aos pés, sempre que passava pela sua frente.

Fingia, então, estar lendo para enganá-lo, pois ele também me espiava; e, de súbito, senti, tive a certeza de que ele lia por cima do meu ombro, de que ele estava ali, roçando a minha orelha.

Levantei-me, virando-me tão depressa que quase caí. Pois bem!... Enxergava-se como em pleno dia... e eu não me vi no espelho! Ele estava vazio, claro, cheio de luz. Minha imagem não estava lá... E eu estava diante dele... Via de alto a baixo o grande vidro límpido! E olhava para aquilo com um olhar alucinado, não ousando avançar, sentindo que ele estava entre nós e que me escaparia de novo, mas que o seu corpo imperceptível havia absorvido o meu reflexo.

Como tive medo! Depois, subitamente, comecei a avistar-me numa bruma no fundo do espelho, numa bruma como através de uma toalha d'água; e me parecia que essa água deslizava da esquerda para a direita, lentamente, tornando a minha imagem mais precisa a cada segundo. Era como o fim de um eclipse. O que me ocultava não parecia possuir contornos claramente definidos, mas uma espécie de transparência opaca que ia clareando pouco a pouco.

Pude, enfim, distinguir-me completamente, assim como faço todos os dias ao olhar-me.

Eu o tinha visto! Ficou-me o terror daquela visão que ainda me faz estremecer.

No dia seguinte, vim até aqui, onde pedi que me guardassem.

E aqui termino, meus senhores.

O doutor Marrande, após ter duvidado durante muito tempo, decidiu-se a fazer – sozinho – uma viagem até a minha terra.

Atualmente, três dos meus vizinhos estão com a mesma doença que eu tive. É verdade?

O médico respondeu: "É verdade!"

O senhor aconselhou-os a deixarem água e leite, todas as noites, no quarto deles, para ver se esses líquidos desapareciam. Fizeram-no. Esses líquidos desapareceram como em minha casa?

O médico respondeu com uma gravidade solene: "Desapareceram".

Portanto, senhores, um Ser, um Ser novo que, sem dúvida, logo se multiplicará assim como nós nos multiplicamos, acaba de surgir sobre a terra.

Ah! Sorriem! Por quê? Porque esse Ser permanece invisível. Mas o nosso olho, meus senhores, é um órgão tão elementar que mal consegue distinguir o que é indispensável à nossa existência. O que é muito pequeno escapa-lhe, o que é muito grande escapa-lhe, o que é muito afastado escapa-lhe. Ignora os milhares de pequenos animais que vivem numa gota d'água. Ignora os habitantes, as plantas e o sol das estrelas vizinhas; nem sequer vê o transparente.

Coloquem à sua frente um espelho sem aço, ele não o distinguirá e nos lançará contra ele, como o pássaro que, preso numa casa, vai de encontro aos vidros. Portanto, ele não vê os corpos sólidos e transparentes que, todavia, existem; não vê o ar do qual nos alimentamos, não vê o vento, que é a maior força da natureza, que derruba os homens, abate os edifícios, desenraíza as árvores, faz o mar erguer-se em montanhas d'água que desmoronam as falésias de granito.

O que há de espantoso em que não veja um novo corpo, ao qual falta apenas a propriedade de deter os raios luminosos?

Enxergam a eletricidade? E, no entanto, ela existe.

Esse ser, que chamei de Horla, também existe.

Quem é? Meus senhores, é aquele que a Terra espera depois do homem! Aquele que vem nos destronar, nos subjugar, nos dominar e, talvez, alimentar-se de nós, como nos alimentamos dos bois e dos javalis.

Há séculos que é pressentido, temido e anunciado! O medo do invisível sempre perseguiu os nossos pais.

Ele chegou.

Todas as lendas de fadas, gnomos e vagabundos do ar, imperceptíveis e maléficos, era dele que falavam, era ele que o homem inquieto e trêmulo já pressentia.

E tudo o que os senhores mesmos fazem há alguns anos, aquilo que chamam de hipnotismo, sugestão, magnetismo – é ele quem anunciam, é ele quem profetizam.

Digo-lhes que ele chegou. Ele próprio vagueia, inquieto como os primeiros homens, ignorando ainda a sua força e poder que muito em breve conhecerá.

E aqui está, meus senhores, para terminar, um fragmento de jornal que chegou às minhas mãos e que vem do Rio de Janeiro. Eu leio: "Uma espécie de epidemia de loucura parece alastrar-se há algum tempo na província de São Paulo. Os habitantes de várias aldeias fugiram, abandonando suas terras e suas casas, dizendo-se perseguidos e devorados por vampiros invisíveis que se alimentam da sua respiração durante o sono e que, além disso, só beberiam água, e às vezes leite!"

Acrescento: alguns dias antes do primeiro ataque do mal do qual quase morri, lembro-me perfeitamente de ter visto passar uma grande galera brasileira com a bandeira desfraldada... Disse-lhes que a minha casa está situada à beira d'água... Inteiramente branca... Ele estava escondido nesse barco, sem dúvida...

Nada mais tenho a acrescentar, meus senhores.

O doutor Marrande levantou-se e murmurou:

"Eu também não. Não sei se este homem é louco ou se ambos o somos... ou se... se o nosso sucessor chegou realmente."

(26 de outubro de 1886)

O Horla

(segunda versão)

8 de maio – Que dia admirável! Passei toda a manhã deitado na relva, diante da minha casa, sob o enorme plátano que a cobre, a abriga e lhe dá sombra. Gosto dessa região e gosto de viver aqui, porque aqui se encontram minhas raízes, essas profundas e delicadas raízes que ligam um homem à terra onde nasceram e morreram seus antepassados, que o ligam ao que se pensa e ao que se come, aos hábitos como aos alimentos, às expressões locais, às entonações dos camponeses, aos odores do solo, das aldeias e do próprio ar.

Gosto da minha casa, onde cresci. Das janelas, vejo o Sena que corre ao longo do meu jardim, por trás da estrada, quase em minha casa, o grande e largo Sena que vai de Rouen ao Havre, coberto de barcos que passam.

Lá, à esquerda, Rouen, a grande cidade de telhados azuis, sob a multidão pontiaguda dos campanários góticos. São inumeráveis, esguios ou largos, dominados pela flecha da catedral, e cheios de sinos que ressoam no ar azul das belas manhãs, lançando até mim o seu suave e longínquo zumbido de ferro, o seu canto de bronze que a brisa me traz, ora mais forte, ora mais fraco, conforme ela desperta ou adormece.

Como o tempo estava bom esta manhã!

Por volta das onze horas, um longo comboio de navios puxados por um rebocador, do tamanho de uma mosca, e que arquejava de esforço vomitando uma fumaça espessa, desfilou diante do meu portão.

Diante de duas escunas inglesas, cujo pavilhão vermelho ondulava contra o céu, vinha uma soberba galera brasileira, inteiramente branca, admiravelmente limpa e luzidia. Eu a saudei, não sei por quê, tal o prazer que senti ao ver este navio.

12 de maio – Há alguns dias que ando com um pouco de febre; sinto-me doente, ou melhor, sinto-me triste.

De onde vêm essas influências misteriosas que transformam em desânimo a nossa felicidade e a nossa confiança em angústia? Dir-se-ia que o ar, o ar invisível, está cheio de potências incognoscíveis, de cuja misteriosa vizinhança sofremos a influência. Acordo cheio de alegria, com desejos de cantar – por quê? Desço até a margem do rio; e, de súbito, após um curto passeio, regresso desolado como se alguma desgraça me esperasse em casa. Por quê? Será que um arrepio de frio, roçando minha pele, abalou meus nervos e entristeceu minha alma? Será que a forma das nuvens ou a cor do dia, a cor das coisas, tão variável, passando por meus olhos, perturbou meu pensamento? Quem sabe? Tudo o que nos cerca, tudo o que vemos sem olhar, tudo o que roçamos sem conhecer, tudo o que tocamos sem apalpar, tudo o que encontramos sem distinguir, causa em nós, em nossos órgãos, e por meio destes, em nossas ideias, e até em nosso coração, efeitos súbitos, surpreendentes e inexplicáveis?

Como é profundo o mistério do Invisível! Não podemos sondá-lo com nossos miseráveis sentidos, com nossos olhos que não sabem perceber nem o muito pequeno, nem o muito grande, nem o muito próximo, nem o muito afastado, nem os habitantes de uma estrela, nem os habitantes de uma gota d'água... com nossos ouvidos que nos enganam, pois nos transmitem as vibrações do ar em notas sonoras. São gênios que fazem o milagre de transformar em ruído este movimento e através desta metamorfose dão origem à música, que torna cantante a agitação muda da natureza... com nosso olfato, mais fraco que o do cão... com nosso paladar, que mal pode distinguir a idade de um vinho!

Ah! Se tivéssemos outros órgãos que realizassem em nosso favor outros milagres, quantas coisas ainda poderíamos descobrir à nossa volta!

16 de maio – Decididamente, estou doente! E eu estava tão bem no mês passado! Tenho febre, uma febre atroz, ou melhor, um enervamento febril que torna minha alma tão doente quanto o meu corpo. Tenho sempre essa horrível sensação de um perigo iminente, essa apreensão de uma desgraça que está para chegar ou da morte que se aproxima, esse pressentimento, que talvez seja o efeito de um mal ainda desconhecido, germinando no sangue e na carne.

18 de maio – Acabo de consultar o meu médico, pois não podia mais dormir. Ele achou meu pulso acelerado, a pupila dilatada, os nervos excitados, mas nenhum sintoma alarmante. Devo submeter-me a duchas e tomar brometo de potássio.

25 de maio – Nenhuma alteração! O meu estado é realmente estranho. À medida que a tarde avança, uma inquietação incompreensível me invade, como se a noite me ocultasse uma ameaça terrível. Janto às pressas, depois tento ler; mas não compreendo as palavras; mal distingo as letras. Caminho, então, na sala, de um lado para o outro, sob a opressão de um medo confuso e irresistível, o medo do sono e o medo da cama.

Por volta das dez horas, subo ao meu quarto. Logo que entro, dou duas voltas à chave e fecho os ferrolhos; tenho medo... de quê?... Até agora eu não temia nada... abro os armários, olho debaixo da cama; escuto... escuto... o quê?... Não é estranho que uma simples indisposição, um problema de circulação talvez, a irritação de um filete nervoso, uma ligeira congestão, uma pequena perturbação no funcionamento tão imperfeito e tão delicado da nossa máquina viva, possa fazer do mais alegre dos homens um melancólico e do mais valente um poltrão? Depois, deito-me e espero o sono como esperaria o carrasco. Espero-o com o terror da sua vinda, e o meu coração bate, e as minhas pernas tremem, e todo o meu corpo estremece no calor das cobertas, até o momento em que caio subitamente no sono, como quem cairia em um abismo de água estagnada para aí se afogar. Não o sinto vir como outrora, esse sono pérfido, escondido perto de mim, que me espreita, que vai me agarrar pela cabeça, fechar-me os olhos, aniquilar-me.

Durmo – por muito tempo – duas ou três horas – depois, um sonho – não – um pesadelo me assalta. Bem sei que estou deitado e que durmo... Eu o sinto e o vejo... e sinto também que alguém se aproxima de mim, me olha, me apalpa, sobe na minha cama, ajoelha-se sobre o meu peito, põe as mãos no meu pescoço e aperta... aperta... com toda a força para me estrangular.

Eu me debato, preso por essa impotência atroz que nos paralisa nos sonhos; quero gritar – não posso; – quero mover-me – não posso; – com um esforço terrível, arquejando, tento me virar, repelir esse ser que me esmaga e sufoca – não posso!

E, de súbito, acordo alucinado, coberto de suor. Acendo uma vela. Estou só.

Após essa crise, que se repete todas as noites, durmo enfim, calmamente, até o amanhecer.

2 de junho – Meu estado agravou-se. O que é que eu tenho, afinal? O brometo não dá resultado, as duchas não adiantam nada. Ainda há pouco, para fatigar meu corpo já tão cansado, fui dar uma volta pela floresta de Roumare. Julguei, a princípio, que o ar fresco, leve e suave, cheio do aroma de ervas e folhas, lançava em minhas veias um sangue novo, no coração uma energia nova. Entrei por uma grande avenida de caça, depois desviei para La Bouille, por uma alameda estreita entre dois exércitos de árvores desmesuradamente altas que formavam um teto verde, espesso, quase negro, entre mim e o céu. De súbito, tive um arrepio, não um arrepio de frio, mas um estranho arrepio de angústia.

Apressei o passo, inquieto por estar sozinho nesse bosque, amedrontado sem razão, estupidamente, pela profunda solidão. De repente, pareceu-me que estava sendo seguido, que andavam nos meus calcanhares, bem junto de mim, quase me tocando.

Voltei-me bruscamente. Estava só. Atrás de mim só havia a enorme alameda reta, deserta, terrivelmente deserta; e do outro lado ela também se estendia a perder de vista, sempre igual, assustadora.

Fechei os olhos. Por quê? E comecei a girar sobre um calcanhar, rápido, como um pião. Quase caí, reabri os olhos; as árvores dançavam, a terra ondulava; tive de me sentar. Depois, ah! Eu não sabia mais por onde tinha vindo! Que ideia estranha! Que ideia estranha! Eu não sabia mais nada. Voltei pelo lado que ficava à minha direita e fui dar na avenida que me conduzira ao meio da floresta.

3 de junho – A noite foi horrível. Vou ausentar-me por algumas semanas. Uma pequena viagem deverá me restabelecer.

2 de julho – Regresso. Estou curado. Aliás, fiz uma viagem encantadora. Visitei o monte Saint-Michel, que eu não conhecia.

Que visão quando se chega, como eu, em Avranches quase no fim do dia. A cidade está situada sobre uma colina; e conduziram-me à praça pública, no extremo da cidade. Soltei um grito de admiração.

Uma enorme baía estendia-se à minha frente, a perder de vista, entre duas praias afastadas que se perdiam ao longe na bruma; e no meio dessa imensa baía amarela, sob um céu de ouro e claridade, erguia-se um estranho monte, sombrio e pontiagudo, em meio às areias. O sol acabava de desaparecer e no horizonte ainda flamejante desenhava-se o perfil deste fantástico rochedo que possui em seu cume um incrível monumento.

Assim que nasceu o dia, dirigi-me para lá. A maré estava baixa, como na véspera, e eu via erguer-se diante de mim, à medida que me aproximava, a surpreendente abadia. Após várias horas de caminhada, atingi o enorme bloco de pedra em que se encontra a pequena cidade dominada pela grande igreja. Tendo subido a rua estreita e inclinada, entrei na mais admirável morada gótica construída para Deus sobre a Terra, vasta como uma cidade, cheia de salas baixas esmagadas sob abóbadas e de altas galerias sustentadas por esguias colunas. Penetrei nesta gigantesca joia de granito, delicada como uma renda, coberta de torres, de pequenos e esbeltos campanários, por onde sobem escadas retorcidas, e que projetam no céu azul dos dias, no céu negro das noites, suas bizarras cabeças cheias de quimeras, de diabos, de animais fantásticos, de flores monstruosas, ligados entre si por finos arcos trabalhados.

Quando cheguei ao cume, disse ao monge que me acompanhava: "Como o senhor deve sentir-se bem aqui, meu padre!"

Ele respondeu: "Há muito vento, senhor"; e começamos a conversar, vendo o mar que subia e se espalhava pela areia, cobrindo-a com uma couraça de aço.

E o monge me contou histórias, todas as velhas histórias do lugar, lendas e mais lendas.

Uma delas me impressionou muito. As pessoas da região, as que vivem no monte, dizem que se ouve falar, à noite, nas areias, e que depois se ouve balirem duas cabras, uma com voz forte, a outra com voz fraca. Os incrédulos afirmam que são os gritos das aves marinhas, que ora se assemelham a balidos, ora a lamentos humanos; mas os pescadores retardatários juram haver encontrado, vagando pelas dunas, entre duas marés, em redor da pequena cidade ali erguida longe do mundo, um velho pastor cuja cabeça, coberta com um manto, a gente nunca vê, e que conduz, caminhando à sua frente, um bode com cara de homem e uma cabra com cara de mulher, ambos com longos cabelos brancos e falando sem parar, discutindo numa língua desconhecida e depois parando subitamente de gritar para balirem com toda a força.

Eu disse ao monge: "Acredita nisso?"

Ele murmurou: "Não sei".

Prossegui: "Se existissem na Terra outros seres além de nós, como não os conheceríamos há muito tempo; como o senhor não os teria visto? Como eu não os teria visto?"

Ele respondeu: "Será que nós vemos a centésima milésima parte do que existe? Olhe, eis o vento, que é a maior força da natureza, que derruba os homens, abate os edifícios, desenraíza as árvores, faz o mar erguer-se em montanhas d'água, destrói as falésias e lança os grandes navios contra os recifes, o vento que mata, que assobia, que geme, que ruge – já o viu ou poderá ver? E, no entanto, ele existe!"

Calei-me diante desse simples raciocínio. Este homem era um sábio, ou talvez um tolo. Não poderia afirmá-lo ao certo, mas calei-me. O que dizia, eu já o tinha pensado muitas vezes.

3 de julho – Dormi mal; certamente existe aqui algo que provoca febre, pois o meu cocheiro sofre do mesmo mal que eu. Ontem, ao voltar, notara sua singular palidez. Perguntei-lhe:

"O que é que você tem, Jean?"

"É que não consigo mais descansar, senhor, são as minhas noites que me comem os dias. Desde que o senhor partiu, isso me pegou como um feitiço."

No entanto, os outros criados vão bem; mas eu tenho muito medo de ter uma recaída.

4 de julho – Decididamente, tive uma recaída. Os antigos pesadelos estão de volta. Esta noite, senti alguém agachado sobre mim que, com a sua boca sobre a minha, bebia a minha vida por entre os lábios. Sim, ele a chupava da minha garganta como se fosse uma sanguessuga. Depois, ele se levantou, saciado, e eu acordei tão enfraquecido, exausto e aniquilado que nem podia me mover. Se isto continuar mais alguns dias, certamente partirei de novo.

5 de julho – Terei perdido a razão? O que se passou na última noite é tão estranho que minha cabeça se perde quando penso nisso!

Como faço agora toda noite, tinha fechado a minha porta a chave; depois, tendo sede, bebi meio copo d'água, e notei por acaso que a jarra estava cheia até a tampa de cristal.

Deitei-me em seguida e caí num dos meus terríveis sonos, do qual fui tirado ao cabo de umas duas horas, por um sobressalto ainda mais terrível.

Imaginem um homem que dorme, a quem tentam assassinar, e que acorda com uma faca no pulmão, e agoniza, coberto de sangue, e não pode mais respirar, e vai morrer, e não compreende nada – aí está.

Tendo finalmente recuperado a razão, senti sede de novo; acendi uma vela e dirigi-me à mesa onde estava a jarra. Levantei-a, inclinando-a sobre o copo;

nada escorreu. Estava vazia! Completamente vazia! A princípio, não compreendi nada; depois, de súbito, senti uma emoção tão terrível que tive de me sentar, ou melhor, caí numa cadeira! Depois, levantei-me de um salto para olhar ao meu redor! Depois voltei a sentar-me, louco de espanto e de medo, diante do cristal transparente! Eu o contemplava com os olhos fixos, procurando compreender. Minhas mãos tremiam! Tinham, então, bebido essa água? Quem? Eu? Sem dúvida! Só podia ter sido eu! Então, eu era sonâmbulo, vivia, sem saber, esta misteriosa vida dupla que leva a pensar se não há dois seres em nós, ou se um ser estranho, desconhecido e invisível, não anima, por momentos, quando a nossa alma está entorpecida, o nosso corpo cativo que obedece a este outro como a nós mesmos, mais do que a nós mesmos.

Ah! Quem compreenderá a minha abominável angústia. Quem compreenderá a emoção de um homem, são de espírito, bem desperto, cheio de razão e que olha apavorado, através do vidro de uma jarra, um pouco d'água desaparecida enquanto ele dormia! E ali fiquei até o nascer do dia, sem ousar voltar para a cama!

6 de julho – Estou ficando louco. Beberam novamente toda a minha água esta noite: ou melhor, eu a bebi!

Mas será que fui eu? Será que fui eu? Quem poderia ser? Quem? Oh! Meu Deus! Estou ficando louco? Quem me salvará?

10 de julho – Acabo de fazer experiências surpreendentes.

Decididamente, estou louco! E no entanto...

No dia 6 de julho, antes de me deitar, coloquei sobre a mesa vinho, leite, água, pão e morangos. Beberam – eu bebi – toda a água e um pouco de leite. Não tocaram nem no vinho nem nos morangos.

No dia 7 de julho, repeti a mesma experiência que deu o mesmo resultado.

No dia 8 de julho, suprimi a água e o leite. Não tocaram em nada.

Finalmente, no dia 9 de julho, voltei a colocar sobre a mesa apenas a água e o leite, tendo o cuidado de envolver as jarras em panos de musselina branca e de amarrar as tampas. Depois, esfreguei os lábios, a barba e as mãos com grafite e deitei-me.

O invencível sono se apoderou de mim, logo seguido pelo despertar atroz. Não me movera, minhas próprias cobertas não tinham manchas. Corri para a mesa. Os panos que cobriam as jarras permaneciam imaculados. Desatei os cordões, tremendo de medo. Tinham bebido toda a água! Tinham bebido todo o leite! Ah! Meu Deus!...

Vou partir imediatamente para Paris.

12 de julho – Paris. Sem dúvida, tinha perdido a cabeça nos últimos dias! Devo ter sido vítima da minha imaginação abalada, a menos que eu seja realmente sonâmbulo, ou que tenha sofrido uma dessa influências constatadas, mas até agora inexplicáveis, que chamam de sugestões. Em todo caso, o meu pânico beirava a demência, e vinte e quatro horas em Paris foram suficientes para restabelecer o meu equilíbrio.

Ontem, depois de passeios e visitas que me insuflaram na alma, um ar novo e vivificante, terminei a noite no Théâtre-Français. Representavam uma peça de Alexandre Dumas Filho, e este espírito alerta e poderoso acabou de me curar. De fato, a solidão é perigosa para as inteligências que trabalham. Necessitamos, à nossa volta, de homens que pensem e que falem. Quando permanecemos muito tempo sozinhos, povoamos o vazio de fantasmas.

Voltei muito alegre ao hotel, pelos bulevares. No atropelo da multidão, eu pensava, não sem ironia, nos meus terrores, nas minhas suspeitas da semana passada, pois acreditei, sim, acreditei que um ser invisível habitava sob o meu teto. Como é fraca a nossa mente e como se perturba e se perde tão logo um pequeno fato incompreensível nos impressiona.

Em vez de concluir por estas simples palavras: "Eu não compreendo por que a causa me escapa", logo imaginamos mistérios terríveis e forças sobrenaturais.

14 de julho – Festa da República. Passeei pelas ruas. Os petardos e as bandeiras me divertiam como se fosse uma criança. No entanto, é uma grande tolice ficar alegre em data fixa, por decreto do governo. O povo é um rebanho imbecil, ora estupidamente paciente, ora ferozmente revoltado. Dizem-lhe: "Diverte-te". Ele diverte-se. Dizem-lhe: "Vai lutar com teu vizinho". Ele vai. Dizem-lhe: "Vota pelo Imperador". Ele vota pelo Imperador. Depois, dizem: "Vota pela República". E ele vota pela República.

Os que o dirigem são igualmente imbecis; mas, em vez de obedecerem a homens, eles obedecem a princípios, os quais só podem ser tolos, estéreis e falsos, pelo próprio fato de serem princípios, isto é, ideias consideradas certas e imutáveis, neste mundo onde não se tem certeza de nada, já que a luz é uma ilusão, já que o ruído é uma ilusão.

16 de julho – Ontem vi coisas que me perturbaram muito.

Jantava na casa de minha prima, a sra. Sablé, cujo marido comanda o 76º Regimento de Caçadores, em Limoges. Além de mim, estavam lá duas jovens, uma delas casada com um médico, o doutor Parent, que se ocupa de doenças nervosas e de manifestações extraordinárias ocasionadas atualmente pelas experiências sobre a hipnose e a sugestão.

Durante muito tempo, ele nos contou os resultados prodigiosos obtidos por sábios ingleses e pelos médicos da escola de Nancy.

Os fatos que expôs pareceram-me tão estranhos que me declarei totalmente incrédulo.

"Nós estamos" – afirmava ele – "prestes a descobrir um dos mais importantes segredos da natureza, quero dizer, um dos mais importantes segredos sobre este planeta; pois certamente existem outros de igual importância além, nas estrelas. Desde que o homem pensa, desde que sabe dizer e escrever o seu pensamento, ele se sente roçado por um mistério impenetrável para os seus sentidos grosseiros e imperfeitos, e procura suprir, pelo esforço da sua inteligência, a impotência dos seus órgãos.

"Quando essa inteligência ainda se achava no estado rudimentar, essa obsessão pelos fenômenos invisíveis tomou formas banalmente assustadoras. Daí nasceram as crenças populares no sobrenatural, as lendas dos espíritos que vagam, das fadas, dos gnomos, dos fantasmas, direi até mesmo a lenda de Deus, pois as nossas concepções do artífice-criador, de qualquer religião que provenham, são na verdade as invenções mais medíocres, estúpidas e inaceitáveis saídas do cérebro amedrontado das criaturas. Nada mais verdadeiro do que esta frase de Voltaire: 'Deus fez o homem à sua imagem, mas o homem pagou-lhe na mesma moeda'.[6]

"Mas, há pouco mais de um século, parece que se pressente algo de novo. Mesmer e alguns outros abriram-nos um caminho inesperado, e chegamos, na verdade, sobretudo há quatro ou cinco anos, a resultados surpreendentes."

Minha prima, muito incrédula também, sorria. O doutor Parent lhe disse: "Quer que eu tente adormecê-la, minha senhora?"

"Sim, quero."

Ela sentou-se numa poltrona e ele começou a olhá-la fixamente, hipnotizando-a. Senti-me, subitamente, um pouco perturbado, com o coração batendo e um nó na garganta. Via os olhos da sra. Sablé tornarem-se pesados, sua boca crispar-se, seu peito arfar.

Ao cabo de dez minutos, ela dormia.

"Coloque-se atrás dela", disse o médico.

E eu me sentei atrás dela. Ele colocou nas suas mãos um cartão de visita, dizendo-lhe: "Isto é um espelho; o que vê nele?"

Ela respondeu:

"Eu vejo o meu primo."

"O que é que ele está fazendo?"

"Está torcendo o bigode."

"E agora?"

"Está tirando uma fotografia do bolso."

"De quem é essa fotografia?"

"Dele."

Era verdade! E essa fotografia acabava de me ser entregue, nessa mesma tarde, no hotel.

"Como é que ele está nesse retrato?"

"Está de pé com o chapéu na mão."

Ela via, então, nesse cartão branco como se fosse num espelho.

As mulheres, apavoradas, diziam: "Basta! Basta! Basta!"

Mas o doutor ordenou: "A senhora se levantará amanhã às oito horas, depois irá procurar o seu primo no hotel e lhe pedirá cinco mil francos emprestados a pedido de seu marido, que precisará deles na sua próxima viagem".

Depois, despertou-a.

Voltando ao hotel, pensava nesta curiosa sessão, e dúvidas me assaltaram, não quanto à absoluta e insuspeita boa-fé da minha prima, que conhecia desde criança e a quem considerava como uma irmã, mas quanto a uma possível trapaça do doutor. Não estaria escondendo na mão um espelho que mostrava à jovem adormecida ao mesmo tempo que seu cartão de visita? Os prestidigitadores profissionais fazem coisas igualmente singulares.

Voltei então e me deitei.

Ora, nessa manhã, por volta das oito e meia, fui acordado pelo meu camareiro que me disse:

"A sra. Sablé pede para falar com o senhor imediatamente."

Vesti-me às pressas e a recebi.

Ela sentou-se muito perturbada, de olhos baixos, e, sem levantar o véu, disse-me:

"Meu caro primo, tenho um grande favor a pedir-lhe."

"Qual, minha prima?"

"É muito incômodo dizê-lo, e, no entanto, é preciso... Tenho necessidade, necessidade absoluta, de cinco mil francos."

"Ora vamos, você?

"Sim, eu, ou melhor, meu marido que me encarregou de consegui-los."

Fiquei tão espantado que balbuciei as respostas. Eu me perguntava se, na verdade, ela não estava zombando de mim juntamente com o doutor Parent, se isto não era uma simples farsa planejada com antecedência e muito bem representada.

Mas, olhando-a com atenção, todas as minhas dúvidas se dissiparam. Ela tremia de angústia, tão dolorosa lhe era esta iniciativa, e percebi que tinha a garganta cheia de soluços.

Sabia que ela era muito rica e prossegui:

"Como? Seu marido não dispõe de cinco mil francos? Vamos, reflita. Você tem certeza de que ele a encarregou de me pedir isto?"

Ela hesitou alguns segundos como se fizesse um grande esforço para procurar na memória, depois respondeu:

"Sim... sim... tenho certeza."

"Ele lhe escreveu?"

Hesitou de novo, refletindo. Adivinhei o trabalho torturante de seu pensamento. Ela não sabia. Sabia apenas que devia me pedir emprestados cinco mil francos para o marido. Então, ousou mentir.

"Sim, ele me escreveu."

"Mas quando? Você não me disse nada ontem."

"Recebi a carta esta manhã."

"Pode me mostrar?"

"Não... não... não... ela continha coisas íntimas... muito pessoais... eu... eu a queimei."

"Então, é que seu marido contraiu dívidas?"

Ela hesitou novamente, depois murmurou:

"Não sei."

Declarei bruscamente:

"É que eu não posso dispor de cinco mil francos neste momento, minha cara prima."

Ela soltou uma espécie de grito de dor:

"Oh! Oh! Por favor! Por favor, arranje-os..."

Ela se exaltava, juntava as mãos como se me implorasse! Ouvia sua voz mudar de tom; chorava e balbuciava, aflita, dominada pela ordem irresistível que recebera.

"Oh! Oh! Por favor... se soubesse como sofro... preciso deles hoje."

Tive piedade dela.

"Você os terá logo, eu prometo."

Ela exclamou:

"Oh! Obrigada! Obrigada! Como você é bom!"

Prossegui: "Lembra-se do que se passou ontem em sua casa?"

"Sim."

"Lembra-se que o dr. Parent a fez dormir?"

"Sim."

"Pois bem, ele mandou que você viesse me pedir emprestado esta manhã cinco mil francos e, neste momento, você está obedecendo a esta sugestão."

Ela refletiu alguns segundos e respondeu:

"Mas como, já que é o meu marido que os pede?"

Durante uma hora, tentei convencê-la, mas não consegui.

Quando ela partiu, corri para a casa do doutor.

Ele ia sair, e escutou-me sorrindo. Depois disse:

"Acredita agora?"

"Sim, tenho de acreditar."

"Vamos à casa da sua prima."

Ela já cochilava numa espreguiçadeira, morta de cansaço. O médico tomou-lhe o pulso, olhou-a por algum tempo, com uma mão erguida na direção de seus olhos, que iam se fechando pouco a pouco sob a insustentável pressão daquela força magnética.

Quando adormeceu:

"O seu marido não precisa mais de cinco mil francos. A senhora esquecerá, portanto, que os pediu emprestados a seu primo, e, se ele lhe falar nisso, não compreenderá nada."

Depois, ele a despertou. Tirei do bolso uma carteira.

"Aqui está, minha cara prima, o que me pediu de manhã."

Ela ficou tão surpresa que não ousei insistir. Tentei, no entanto, reavivar-lhe a memória, mas ela negou com veemência, pensando que eu estivesse zombando dela e, por fim, quase se zangou.

(..)

Pronto! Acabo de chegar; e não pude almoçar, de tal forma esta experiência me perturbou.

19 de julho – Várias pessoas a quem contei esta aventura zombaram de mim. Não sei mais o que pensar. O sábio diz: quem sabe?

21 de julho – Fui jantar em Bougival, depois passei a noite no baile dos barqueiros. Decididamente, tudo depende dos locais e dos ambientes. Acreditar no sobrenatural na ilha de Grenouillère seria o cúmulo da loucura... Mas no alto do monte Saint-Michel?... Mas na Índia? Sofremos terrivelmente a influência do que nos cerca. Voltarei para casa na próxima semana.

30 de julho – Estou na minha casa desde ontem. Tudo vai bem.

2 de agosto – Nada de novo; o tempo está magnífico. Passo meus dias vendo correr o Sena.

4 de agosto – Discussões entre os criados. Eles dizem que alguém, durante a noite, quebra os copos que estão nos armários. O camareira acusa a cozinheira, que acusa a roupeira, que acusa os outros dois. Quem é o culpado? Difícil saber.

6 de agosto – Desta vez, eu não estou louco. Eu vi... eu vi... eu vi! Não posso mais duvidar... eu vi! Ainda sinto um calafrio até debaixo das unhas... ainda sinto medo até a medula... eu vi!

Passeava às duas horas, em pleno sol, pelo canteiro das roseiras... na aleia das roseiras de outono que começam a florir.

Quando parei para olhar um *géant des batailles* com três flores magníficas, eu vi, vi nitidamente, bem perto de mim, o caule de uma dessas rosas dobrar-se como se uma mão invisível o tivesse torcido, e depois quebrar-se, como se essa mão o tivesse colhido! Em seguida, a flor se ergueu, seguindo a curva que teria descrito um braço ao levá-la até a boca, e ficou suspensa no ar transparente, sozinha, imóvel, terrível mancha vermelha a três passos dos meus olhos.

Desvairado, lancei-me sobre ela para agarrá-la! Nada encontrei; ela havia desaparecido. Então, fui tomado de uma cólera furiosa contra mim mesmo; pois não se admite que um homem sensato e sério tenha semelhantes alucinações.

Mas seria realmente uma alucinação? Voltei-me para procurar o caule e logo encontrei um arbusto recém-quebrado entre as duas outras rosas que ficaram no ramo.

Então, voltei para casa com o espírito perturbado, pois estou certo agora, certo como da sucessão dos dias e das noites, que existe perto de mim um ser invisível que se alimenta de leite e de água, que pode tocar nos objetos, pegá-los, mudá-los de lugar, dotado, por conseguinte, de uma natureza material, embora imperceptível aos nossos sentidos, e que mora, como eu, sob o meu teto...

7 de agosto – Dormi tranquilo. Ele bebeu a água da minha jarra, mas não perturbou o meu sono.

Eu me pergunto se estou louco. Passeando há pouco ao sol, pela margem do rio, surgiram-me dúvidas sobre a minha razão, não dúvidas vagas como as que tivera até então, mas dúvidas precisas, absolutas. Eu vi loucos, conheci alguns que permaneciam inteligentes, lúcidos e até perspicazes em relação a todas as coisas da vida, salvo num ponto. Falavam de tudo com clareza, com desembaraço, com profundidade, mas de súbito o seu pensamento, ao atingir o escolho da sua loucura, despedaçava-se, desintegrava-se e naufragava nesse oceano revolto e terrível, cheio de ondas enfurecidas, de nevoeiros, de borrascas, a que se chama "demência".

Sem dúvida, eu me julgaria louco, completamente louco, se não estivesse consciente, se não conhecesse perfeitamente o meu estado, se não o sondasse, analisando-o com uma total lucidez. Em suma, eu não passaria, portanto, de um alucinado racional. Uma perturbação desconhecida teria se produzido em meu cérebro, uma dessas perturbações que atualmente os fisiologistas procuram averiguar e precisar; e essa perturbação teria causado em meu espírito, na ordem e na lógica das minhas ideias, uma falha profunda. Fenômenos semelhantes acontecem no sonho que nos leva a atravessar as fantasmagorias mais inverossímeis sem que isso nos surpreenda, porque o aparelho verificador, o sentido do controle, está adormecido; enquanto que a faculdade imaginativa vigia e trabalha. Será que uma das teclas imperceptíveis do teclado cerebral não se encontra paralisada em mim? Há homens que, em consequência de acidentes, perdem a memória dos nomes próprios ou dos verbos ou dos algarismos, ou apenas das datas. As localizações de todas as parcelas do pensamento estão hoje comprovadas. Ora, o que há de espantoso no fato de minha faculdade de controlar a irrealidade de certas alucinações estar entorpecida no momento?

Pensava em tudo isso enquanto seguia pela margem. O sol cobria de claridade o rio, tornava a terra deliciosa, enchia o meu olhar de amor à vida, às andorinhas, cuja agilidade é uma alegria para os meus olhos, às ervas da margem, cujo murmúrio é uma felicidade para os meus ouvidos.

Pouco a pouco, no entanto, um mal-estar inexplicável me invadia. Parecia-me que uma força, uma força oculta me entorpecia, me paralisava, me impedia de avançar, me puxava para trás.

Experimentava essa dolorosa necessidade de voltar que nos oprime quando deixamos em casa um doente querido, e nos domina o pressentimento de um agravamento do seu mal.

Voltei, então, contra a minha vontade, certo de que ia encontrar em casa uma notícia má, uma carta ou um telegrama. Não havia nada; e fiquei mais surpreso e inquieto do que se tivesse tido novamente alguma visão fantástica.

8 de agosto – Ontem passei uma noite terrível. Ele não se manifesta mais, mas eu o sinto perto de mim, espiando-me, olhando-me, dominando-me, e mais temível ao se esconder assim do que se assinalasse através de fenômenos sobrenaturais a sua presença invisível e constante.

Dormi, no entanto.

9 de agosto – Nada, mas tenho medo.

10 de agosto – Nada, o que acontecerá amanhã?

11 de agosto – Nada ainda; não posso continuar em casa com este temor e este pensamento na alma; vou partir.

12 de agosto, 10 horas da noite – Durante todo o dia desejei partir, não consegui. Quis realizar este ato de liberdade tão fácil, tão simples – sair – subir no meu carro para ir a Rouen – não consegui. Por quê?

13 de agosto – Quando certas doenças nos atingem, todas as molas do ser físico parecem quebradas, todas as energias aniquiladas, todos os músculos enfraquecidos, os ossos moles como a carne e a carne líquida como água. Sinto isto no meu ser moral de uma forma estranha e desoladora. Não tenho mais nenhuma força, nenhuma coragem, nenhum domínio sobre mim, nenhum poder para pôr em movimento a minha vontade. Não consigo mais querer; mas alguém quer por mim; e eu obedeço.

14 de agosto – Estou perdido! Alguém possui a minha alma e a governa! Alguém comanda todos os meus atos, todos os meus gestos, todos os meus pensamentos. Já não sou nada em mim, senão um espectador escravo e aterrorizado com todas as coisas que faço. Desejo sair. Não posso. Ele não quer; e eu fico desvairado, trêmulo, na poltrona onde ele me mantém sentado. Desejo apenas levantar-me, erguer-me, para acreditar que ainda sou senhor de mim. Não posso! Estou preso na minha cadeira e a minha cadeira adere ao solo de tal modo que nenhuma força poderia nos erguer.

Depois, de súbito, é preciso, é preciso, é preciso que eu vá ao fundo do meu jardim colher morangos e comê-los! E eu vou. Colho morangos e os como. Oh! Meu Deus! Meu Deus! Meu Deus! Existe um Deus? Se existe, livrai-me! Salvai-me! Acudi-me! Perdão! Piedade! Misericórdia! Salvai-me! Oh! Que sofrimento! Que tortura! Que horror!

15 de agosto – Sem dúvida, era assim que estava possuída e dominada a minha pobre prima quando veio pedir-me cinco mil francos. Ela sofria a influência de um querer estranho que nela entrara, como uma outra alma, parasita e dominadora. Será que o mundo vai acabar?

Mas esse que me governa, quem é ele, esse invisível, esse incognoscível, esse vagabundo de uma raça sobrenatural? Portanto, os Invisíveis existem! Então, como é que desde a origem do mundo ainda não tinham se manifestado de uma forma precisa como o fazem agora comigo? Nunca li nada que se assemelhasse ao que se passou na minha casa. Ah! Se eu pudesse deixá-la, se pudesse ir embora, fugir e nunca mais voltar. Eu estaria salvo, mas não posso.

16 de agosto – Consegui escapar hoje durante duas horas, como um prisioneiro que encontra aberta, por acaso, a porta do seu calabouço. Senti que estava livre de repente e que ele se achava longe. Mandei atrelar a carruagem às pressas e dirigi-me a Rouen. Oh! que alegria poder dizer a um homem que obedece: "Para Rouen!"

Mandei parar na biblioteca e pedi emprestado o grande tratado do doutor Hermann Herestauss[7] sobre os habitantes desconhecidos do mundo antigo e moderno.

Depois, quando subia no cupê, quis dizer: "Para a estação!" e gritei – não disse, gritei – com uma voz tão forte que os transeuntes se voltaram: "Para casa!", – e caí, louco de angústia, no assento da carruagem. Ele me havia encontrado e me apanhara de novo.

17 de agosto – Ah! Que noite! E, no entanto, parece-me que deveria alegrar-me. Li até a uma hora da manhã! Hermann Herestauss, doutor em filosofia e em teogonia, escreveu a história e as manifestações de todos os seres invisíveis que rondam em torno do homem ou são por ele sonhados. Descreve as suas origens, o seu domínio, o seu poder. Mas nenhum deles se assemelha àquele que me persegue. Dir-se-ia que o homem, desde que pensa, pressentiu e temeu um novo ser, mais forte do que ele, seu sucessor neste mundo e que, sentindo-o próximo e não podendo prever a natureza desse senhor, criou, no seu terror, todo o povo fantástico dos seres ocultos, vagos fantasmas nascidos do medo.

Tendo, pois, lido até a uma hora da manhã, fui sentar-me, em seguida, perto da janela aberta para refrescar a cabeça e o pensamento ao vento calmo da escuridão.

O tempo estava bom, morno. Como teria gostado desta noite outrora!

Não havia lua. As estrelas, no fundo do céu negro, possuíam trêmulas cintilações. Quem habita esses mundos? Que formas, que seres vivos, que animais, que plantas existem lá? Os que pensam nesses universos longínquos, o que sabem mais do que nós? O que podem mais do que nós? O que veem que nós não conheçamos? Será que um deles, mais dia menos dia, atravessando o espaço, não aparecerá na nossa Terra para conquistá-la, como os normandos outrora atravessaram o mar para subjugar povos mais fracos?

Somos tão fracos, tão desarmados, tão ignorantes, tão pequenos, sobre este grão de lama que gira diluído numa gota d'água.

Assim pensando, adormeci ao vento fresco da noite.

Ora, tendo dormido cerca de quarenta minutos, abri os olhos sem fazer um movimento, despertado por não sei que emoção confusa e estranha. A princípio, nada vi, depois, de repente, pareceu-me que uma página do livro que ficara aberto sobre a mesa acabava de virar-se sozinha. Nenhuma corrente de ar entrara pela janela. Fiquei surpreso e esperei. Uns quarenta minutos depois, eu vi, eu vi, sim, eu vi com os meus próprios olhos uma outra página erguer-se e pousar sobre a precedente, como se um dedo a tivesse folheado. A poltrona estava vazia, parecia vazia; mas eu compreendi que ele estava ali, sentado no meu lugar, e que lia. Num salto furioso, num salto de fera revoltada que vai dilacerar seu domador, atravessei o quarto para agarrá-lo, estrangulá-lo, matá-lo!... Mas a cadeira, antes que eu a alcançasse, virou como se alguém tivesse fugido diante de mim... a mesa oscilou, o candeeiro caiu e apagou-se, e a janela fechou-se como se um malfeitor surpreendido tivesse escapado na noite, agarrando com ambas as mãos os batentes.

Então ele fugira, ele tivera medo, medo de mim!

Nesse caso... nesse caso... amanhã... ou depois... um dia qualquer... poderei agarrá-lo, esmagá-lo contra o chão! Os cães, às vezes, não mordem e estrangulam os seus donos?

18 de agosto – Refleti durante todo dia. Oh! sim, vou obedecer-lhe, seguir os seus impulsos, cumprir todas as suas vontades, tornar-me humilde, submisso, covarde. Ele é o mais forte. Mas há de chegar o dia...

19 de agosto – Já sei... já sei... já sei tudo! Acabo de ler isto na *Revue du Monde Scientifique*:

"Chega-nos do Rio de Janeiro uma notícia bastante curiosa. Uma loucura, uma epidemia de loucura, comparável às demências contagiosas que atingiram os povos da Europa na Idade Média, alastra-se neste momento na província de São Paulo. Os habitantes alucinados deixam suas casas, fogem das aldeias, abandonam suas plantações, dizendo-se perseguidos, possuídos, governados como um rebanho humano por seres invisíveis, embora tangíveis, espécies de vampiros que se alimentam de suas vidas durante o sono e que bebem além disso água e leite sem parecer tocar em nenhum outro alimento.

"O senhor professor don Pedro Henriquez, acompanhado de vários cientistas médicos, partiu para a província de São Paulo, a fim de estudar *in loco* as origens e as manifestações desta surpreendente loucura, e propor ao Imperador as medidas que lhe parecerem mais adequadas para trazer de volta à razão estas populações em delírio."

Ah! Ah! Eu me lembro, lembro-me da bela galera brasileira que passou pelas minhas janelas subindo o Sena, no dia 8 de maio passado! Achei-a tão linda, tão branca, tão alegre! O Ser estava ali, vindo de lá, de onde sua raça nascera! E ele me viu! Viu a minha casa branca também; e saltou do navio para a margem. Oh! Meu Deus!

Agora eu sei, eu pressinto. O reinado do homem chegou ao fim.

Ele veio. Aquele que despertava os primeiros terrores dos povos primitivos. Aquele que os padres inquietos exorcizavam, aqueles que os feiticeiros evocavam nas noites sombrias, sem o verem ainda aparecer, a quem os pressentimentos dos senhores efêmeros do mundo emprestaram todas as formas monstruosas ou graciosas dos gnomos, dos espíritos, dos gênios, das fadas, dos duendes. Após as grosseiras concepções do medo primitivo, homens mais perspicazes o pressentiram com mais clareza. Mesmer o adivinhara, e os médicos, há dez anos, descobriram, de um modo preciso, a natureza de seu poder antes que ele próprio o tivesse utilizado. Brincaram com esta arma do novo Senhor, o domínio de uma misteriosa vontade sobre a alma humana escravizada. Chamaram a isso magnetismo, hipnose, sugestão... que sei eu? Eu os vi divertirem-se como crianças imprudentes com esse terrível poder. Ai de nós! Ai do homem! Ele veio, o... o... como se chama... o... parece que ele me grita o seu nome, e não o ouço... o... sim, ele grita... Eu escuto... não posso, repete... o... Horla... Eu ouvi... o Horla... é ele... o Horla... ele veio!...

Ah! O abutre comeu a pomba; o lobo comeu o cordeiro, o leão devorou o búfalo de chifres agudos; o homem matou o leão com a flecha, com a espada, com a pólvora; mas o Horla vai fazer do homem o que nós fizemos do cavalo e do boi: o seu objeto, o seu servo e o seu alimento, apenas pelo poder da sua vontade. Ai de nós!

No entanto, o animal às vezes se revolta e mata aquele que o domou... eu também quero... eu poderei... mas é preciso conhecê-lo, tocá-lo, vê-lo! Os sábios dizem que o olhar do animal, diferente do nosso, não distingue da mesma forma que o nosso... E o meu olhar não pode distinguir o recém-chegado que me oprime.

Por quê? Oh! Lembro-me agora das palavras do monge do monte Saint-Michel: "Será que nós vemos a centésima milésima parte do que existe? Olhe, eis o vento que é a maior força da natureza, que derruba os homens, abate os edifícios, desenraíza as árvores, faz o mar erguer-se em montanhas d'água, destrói as falésias e lança os grandes navios contra os recifes, o vento que mata, que assobia, que geme, que ruge – já o viu ou poderá ver? E, no entanto, ele existe!"

E pensava ainda: O meu olho é tão fraco, tão imperfeito, que não distingo nem mesmo os corpos sólidos, quando estes são transparentes como o vidro!... Basta que um espelho sem aço barre o meu caminho, para que me lance contra ele como o pássaro que, entrando num quarto, vai de encontro aos vidros. Mil coisas, além disso, o enganam e o desnorteiam! O que há de espantoso em que não saiba perceber um novo corpo que a luz atravessa?

Um novo ser! Por que não? Ele deveria vir, certamente! Por que seríamos os últimos? Nós não o distinguimos, como não o puderam distinguir todos os outros seres criados antes de nós. É que a sua natureza é mais perfeita, seu corpo mais fino e mais acabado que o nosso, tão fraco, tão desajeitadamente concebido, cheio de órgãos sempre fatigados, sempre forçados como instrumentos mais complexos, corpo que vive como uma planta e como um animal, alimentando-se penosamente de ar, de ervas e de carne, máquina animal sujeita às doenças, às deformações, às putrefações, ofegante, mal regulada, primitiva e bizarra, engenhosamente malfeita, obra grosseira e delicada, esboço de ser que poderia tornar-se inteligente e soberbo.

Somos apenas alguns, tão poucos neste mundo,

desde a ostra até o homem. Por que não mais um, uma vez cumprido o período que separa os aparecimentos sucessivos das diversas espécies?

Por que não mais um? Por que não também outras árvores de flores imensas, magníficas, perfumando regiões inteiras? Por que não outros elementos além do fogo, do ar, da terra e da água? São quatro, nada mais que quatro, essas fontes que alimentam os seres! Que miséria! Por que não são quarenta, quatrocentos, quatro mil? Como tudo é pobre, mesquinho, miserável! Avaramente concebido, secamente inventado, grosseiramente feito! Ah! O elefante, o hipopótamo, que graça! O camelo, que elegância!

Mas, dirão vocês, a borboleta! Uma flor que voa! Imagino uma que seria grande como cem universos, com asas de que não posso nem exprimir a forma, a beleza, a cor e o movimento. Mas eu a vejo... ela vai de estrela em estrela, refrescando-as e perfumando-as ao sopro leve e harmonioso de sua passagem!... E os povos das alturas a veem passar, extasiados e encantados!

Mas o que é que eu tenho? É ele, ele, o Horla, que me habita, que me faz pensar essas loucuras! Ele está em mim, ele se torna a minha alma; eu o matarei.

19 de agosto – Eu o matarei. Eu o vi! Ontem à noite, sentei-me à mesa e fingi estar escrevendo com grande atenção. Sabia que ele viria rondar à minha volta, bem perto, tão perto que, talvez, pudesse tocá-lo, agarrá-lo! E então!... Então, eu teria a força dos desesperados; teria as minhas mãos, os meus joelhos, o meu peito, a minha fronte, os meus dentes para estrangulá-lo, esmagá-lo, mordê-lo, dilacerá-lo.

E eu o espiava com todos os meus órgãos superexcitados.

Tinha acendido os meus dois candeeiros e as oito velas da minha lareira, como se pudesse descobri-lo nessa claridade.

Diante de mim, a minha cama, uma velha cama de carvalho com colunas; à direita, a lareira; à esquerda, a porta cuidadosamente fechada, depois de a ter deixado por muito tempo aberta a fim de atraí-lo; atrás de mim, um armário muito alto com um espelho que me servia todos os dias para me barbear e me vestir, e onde eu tinha o hábito de me olhar, da cabeça aos pés, sempre que passava pela sua frente.

Fingia, então, estar escrevendo, para enganá-lo, pois ele também me espiava, e, de súbito, senti, tive a certeza de que ele lia por cima do meu ombro, de que ele estava ali, roçando a minha orelha.

Levantei-me, com as mãos estendidas, virando-me tão depressa que quase caí. Pois bem!... enxergava-se como em pleno dia, e eu não me vi no espelho!... Ele estava vazio, claro, profundo, cheio de luz! Minha imagem não estava lá... e eu estava diante dele! Eu via de alto a baixo o grande vidro límpido. E olhava para aquilo com um olhar alucinado; e não ousava mais avançar, não ousava mais fazer qualquer movimento, sentindo, no entanto, que ele estava lá, mas que me escaparia de novo, ele, cujo corpo imperceptível havia devorado o meu reflexo.

Como tive medo! Depois, eis que de repente comecei a avistar-me numa bruma no fundo do espelho, numa bruma como através de uma toalha d'água; e me parecia que esta água deslizava da esquerda para a direita, lentamente, tornando a minha imagem mais precisa a cada segundo. Era como o fim de um eclipse. O que me ocultava não parecia possuir contornos claramente definidos, mas uma espécie de transparência opaca que ia clareando pouco a pouco. Pude, enfim, distinguir-me completamente, assim como faço todos os dias ao me olhar.

Eu o tinha visto! Ficou-me o terror daquela visão que ainda me faz estremecer.

20 de agosto – Matá-lo, como, se não posso atingi-lo? Veneno? Mas ele me veria misturá-lo na água; e os nossos venenos, aliás, teriam algum efeito sobre o corpo imperceptível? Não... não... sem dúvida alguma... E então? E então?...

21 de agosto – Mandei vir um serralheiro de Rouen e encomendei-lhe para o meu quarto persianas de ferros como têm, em Paris, certas casas particulares, no rés-do-chão, por causa dos ladrões. Ele me fará, além disso, uma porta idêntica. Passei por covarde, mas estou pouco ligando!...

10 de setembro – Rouen, Hotel Continental. Tudo acabado!... Mas terá morrido? Tenho a alma transtornada com o que vi. Ontem, tendo o serralheiro colocado as persianas e a porta de ferro, deixei tudo aberto até a meia-noite, embora começasse a fazer frio.

De repente, senti que ele estava lá, e uma alegria, uma louca alegria se apoderou de mim. Levantei-me lentamente e andei de um lado para o outro durante muito tempo, para que ele nada suspeitasse; depois, tirei as botas e calcei os chinelos com negligência; a seguir, fechei as persianas de ferro e, voltando tranquilamente até a porta, fechei-a também com duas voltas. Dirigindo-me, então, à janela, fechei-a com um cadeado cuja chave guardei no bolso.

De repente, senti que ele se agitava à minha volta, que ele, por sua vez, tinha medo, que me ordenava que lhe abrisse a porta. Estive a ponto de ceder: não cedi, mas, encostando-me à porta, entreabri-a apenas o suficiente para eu poder passar, de costas, e como sou muito alto, minha cabeça tocava no portal. Estava certo de que ele não pudera escapar e fechei-o completamente só. Que alegria! Eu o apanhara! Então, desci correndo; peguei, no salão que fica embaixo do meu quarto, os meus dois candeeiros e derramei todo o óleo no tapete, nos móveis, por toda parte; depois, ateei fogo e me pus a salvo, após ter deixado bem trancada com duas voltas a grande porta de entrada.

E fui esconder-me no fundo do meu jardim, atrás de uns loureiros. Como demorou! Como demorou! Tudo era negro, mudo, imóvel, nem um sopro de vento, nem uma estrela, montanhas de nuvens que não se viam, mas que me pesavam muito na alma.

Olhava para a minha casa e esperava. Como demorou! Julgava já que o fogo se extinguira sozinho ou que Ele o apagara, quando uma das janelas de baixo rebentou sob o ímpeto do incêndio e uma chama, uma grande chama vermelha e amarela, longa, suave, acariciante, subiu ao longo da parede branca e a beijou até o telhado. Um clarão percorreu as árvores, os ramos, as folhas, e um arrepio, um arrepio de medo também. Os pássaros despertaram; um cão começou a uivar; pareceu-me que estava amanhecendo! Duas outras janelas rebentaram nesse instante, e eu vi que toda a parte de baixo da minha casa não passava de um braseiro medonho. Mas um grito, um grito horrível, agudíssimo, dilacerante, um grito de mulher atravessou a noite e duas mansardas se abriram! Eu tinha esquecido os meus criados! Vi os seus rostos alucinados e seus braços que se agitavam!...

Então, louco de horror, comecei a correr para a aldeia gritando: "Socorro! Socorro! Fogo! Fogo!" Encontrei pessoas que já se dirigiam para lá e voltei com elas para ver.

A casa, agora, era apenas uma fogueira horrível e magnífica, uma fogueira monstruosa, iluminando toda a terra, uma fogueira onde ardiam homens e onde também ele ardia. Ele, Ele, o meu prisioneiro, o novo Ser, o novo Senhor, o Horla.

Subitamente, todo o telhado foi engolido pelas paredes e um vulcão de chamas jorrou até o céu.

Por todas as janelas abertas sobre a fornalha, eu via a cuba de fogo e pensava que ele estava ali, naquele forno, morto.

Morto? Talvez!... E o seu corpo? Esse corpo que a luz atravessava não seria indestrutível pelos meios que matam os nossos?

E se não estivesse morto?... Só o tempo, talvez, tem poder sobre o Ser Invisível e Temível. Por que então esse corpo transparente, esse corpo imperceptível, esse corpo de Espírito, se ele também tivesse que temer os males, os ferimentos, as doenças, a destruição prematura?

A destruição prematura? Todo o terror humano provém dela! Depois do homem, o Horla – após aquele que pode morrer em qualquer dia, a qualquer hora, a qualquer minuto, por qualquer acidente, chegou aquele que só deve morrer no seu dia, na sua hora, no seu minuto, porque atingiu o limite da sua existência!

Não... não... sem dúvida alguma, sem dúvida alguma... ele não morreu... Então... então... vai ser preciso agora que eu me mate!

(1887)
(..............................)

A Morta

Eu a amara perdidamente! Por que amamos? É realmente estranho ver no mundo apenas um ser, ter no espírito um único pensamento, no coração um único desejo e na boca um único nome: um nome que ascende ininterruptamente, que sobe das profundezas da alma como a água de uma fonte, que ascende aos lábios, e que dizemos, repetimos, murmuramos o tempo todo, por toda parte, como uma prece.

Não vou contar a nossa história. O amor só tem uma história, sempre a mesma. Encontrei-a e amei-a. Eis tudo. E vivi durante um ano na sua ternura, nos seus braços, nas suas carícias, no seu olhar, nos seus vestidos, na sua voz, envolvido, preso, acorrentado a tudo que vinha dela, de maneira tão absoluta que nem sabia mais se era dia ou noite, se estava morto ou vivo, na velha Terra ou em outro lugar qualquer.

E depois ela morreu. Como? Não sei, não sei mais.

Voltou toda molhada, nutria noite de chuva, e, no dia seguinte, tossia. Tossiu durante cerca de uma semana e ficou de cama.

O que aconteceu? Não sei mais.

Médicos chegavam, receitavam, retiravam-se. Traziam remédios; uma mulher obrigava-a a tomá-los.

Tinha as mãos quentes, a testa ardente e úmida, o olhar brilhante e triste. Falava-lhe, ela me respondia. O que dissemos um ao outro? Não sei mais. Esqueci tudo, tudo, tudo! Ela morreu, lembro-me muito bem do seu leve suspiro, tão fraco, o último. A enfermeira exclamou: "Ah! Compreendi, compreendi!"

Não soube de mais nada. Nada. Vi um padre que falou assim: "Sua amante." Tive a impressão de que a insultava. Já que estava morta, ninguém mais tinha o direito de saber que fora minha amante. Expulsei-o. Veio outro que foi muito bondoso, muito terno. Chorei quando me falou dela.

Consultaram-me sobre mil coisas relacionadas com o enterro. Não sei mais. Contudo, lembro-me muito bem do caixão, do ruído das marteladas quando a enterraram lá dentro. Ah! meu Deus!

Ela foi enterrada! Enterrada! Ela! Naquele buraco! Algumas pessoas tinham vindo, amigas. Caminhei durante muito tempo pelas ruas. Depois voltei para a casa. No dia seguinte, parti para uma viagem.

Ontem, regressei a Paris.

Quando revi o meu quarto, o nosso quarto, a nossa cama, os nossos móveis, toda essa casa onde ficara tudo o que resta da vida de um ser depois da sua morte, o desgosto apoderou-se de mim novamente, de uma forma tão violenta que quase abri a janela para atirar-me à rua. Não podendo mais permanecer no meio daqueles objetos, daquelas paredes que a tinham encerrado, abrigado, e que deviam conservar em suas fendas imperceptíveis milhares de átomos seus, da sua carne e da sua respiração, peguei meu chapéu para sair. De súbito, ao atingir a porta, passei diante do grande espelho que ela mandara colocar no vestíbulo para mirar-se, dos pés à cabeça, todos os dias antes de sair, para ver se toda a sua toalete lhe ia bem, se estava correta e elegante, das botinas ao chapéu.

E parei, de chofre, diante desse espelho que tantas vezes a refletira. Tantas, tantas vezes, que também deveria ter guardado a sua imagem.

Fiquei lá, de pé, trêmulo, os olhos fixos no vidro liso, profundo, vazio, mas que a contivera toda, que a possuíra tanto quanto eu, tanto quanto o meu olhar apaixonado. Tive a impressão de que amava aquele espelho – toquei-o – estava frio! Ah! Recordação! Recordação! Espelho doloroso, espelho ardente, espelho vivo, espelho horrível, que inflige todas as torturas! Felizes os homens cujo coração, como um espelho onde os reflexos deslizam e se apagam, esquece tudo o que conteve, tudo o que passou à sua frente, tudo o que se contemplou e mirou na sua feição, no seu amor! Como sofro! Saí e, involuntariamente, sem saber, sem querer, dirigi-me ao cemitério. Encontrei seu túmulo, um túmulo singelo, uma cruz de mármore com algumas palavras: "Ela amou, foi amada, e morreu".

Lá estava ela, embaixo, apodrecendo! Que horror! Eu soluçava, a fronte no chão.

Fiquei lá por muito tempo, muito tempo. Depois, percebi que a noite se aproximava. Então, um desejo estranho, louco, um desejo de amante desesperado apoderou-se de mim. Resolvi passar a noite junto dela, a última noite, chorando no seu túmulo. Mas me veriam, me expulsariam. Que fazer? Fui esperto. Levantei-me e comecei a vagar pela cidade dos desaparecidos. Vagava, vagava. Como é pequena essa cidade ao lado da outra, daquela em que vivemos! Precisamos de casas altas, de ruas, de tanto espaço, para as quatro gerações que veem a luz ao mesmo tempo, que bebem a água das fontes, o vinho das vinhas e comem o pão das planícies.

E para todas as gerações dos mortos, para toda a série de homens que chegaram até nós, quase nada, um terreno apenas, quase nada! A terra os toma de volta, o esquecimento os apaga. Adeus!

Na extremidade do cemitério habitado, avistei subitamente o cemitério abandonado, onde os velhos defuntos acabam de misturar-se à terra, onde as próprias cruzes apodrecem, e onde amanhã serão colocados os últimos que chegarem. Está cheio de rosas silvestres, de ciprestes negros e vigorosos, um jardim triste e soberbo alimentado com carne humana.

Estava só, completamente só. Agachei-me perto de uma árvore verde. Escondi-me completamente entre os galhos grossos e escuros.

E esperei, agarrado ao tronco como um náufrago aos destroços.

Quando a noite ficou escura, bem escura, deixei o meu abrigo e comecei a caminhar de mansinho, com passos lentos e surdos, por essa terra repleta de mortos.

Vaguei durante muito, muito tempo. Não a encontrava. Braços estendidos, olhos abertos, esbarrando nos túmulos com as mãos, com os pés, com os joelhos, com o peito, e até com a cabeça, eu vagava sem encontrá-la. Tocava, tateava como um cego que procura o caminho, apalpava pedras, cruzes, grades de ferro, coroas de vidro, coroas de flores murchas! Lia nomes com os dedos, passando-os sobre as letras. Que noite! Que noite! Não a encontrava!

Não havia lua! Que noite! Sentia medo, um medo horrível, nesses caminhos estreitos entre duas filas de túmulos! Túmulos! Túmulos! Túmulos. Sempre túmulos! À direita, à esquerda, à frente, à minha volta, por toda parte, túmulos! Sentei-me num deles, pois não podia mais caminhar, de tal forma meus joelhos se dobravam. Ouvia meu coração bater! E também ouvia outra coisa! O quê? Um rumor confuso, indefinível! Viria esse ruído do meu cérebro desvairado, da noite impenetrável, ou da terra misteriosa, da terra semeada de cadáveres humanos? Olhei à minha volta!

Quanto tempo fiquei ali? Não sei. Estava paralisado de terror, alucinado de pavor, prestes a gritar, prestes a morrer.

E, de súbito, tive a impressão de que a laje de mármore onde estava sentado se movia. Realmente, ela se movia, como se a estivessem levantando. Com um salto, precipitei-me para o túmulo vizinho e vi, sim, vi erguer-se verticalmente a laje que acabara de deixar; e o morto apareceu, um esqueleto no que empurrava a lápide com as costas encurvadas. Eu via, via muito bem, embora a escuridão fosse profunda. Pude ler sobre a cruz:

"Aqui jaz Jacques Olivant, morto aos cinquenta e um anos de idade. Amava os seus, foi honesto e bom, e morreu na paz do Senhor."

O morto também lia o que estava escrito no seu túmulo. Depois, apanhou uma pedra no chão, uma pedrinha pontiaguda, e começou a raspar cuidadosamente o que lá estava. Apagou tudo, lentamente, contemplando com seus olhos vazios o lugar onde ainda há pouco existiam letras gravadas; e, com a ponta do osso que fora seu indicador, escreveu com letras luminosas, como essas linhas que traçamos com a ponta de um fósforo:

"Aqui jaz Jacques Olivant, morto aos cinquenta e um anos de idade. Apressou com maus-tratos a morte do pai de quem desejava herdar, torturou a mulher, atormentou os filhos, enganou os vizinhos, roubou sempre que pôde e morreu miseravelmente."

Quando acabou de escrever, o morto contemplou sua obra, imóvel. E, voltando-me, notei que todos os túmulos estavam abertos, que todos os cadáveres os tinham abandonado, que todos tinham apagado as mentiras inscritas pelos parentes na pedra funerária, para aí restabelecerem a verdade.

E eu via que todos tinham sido carrascos dos parentes, vingativos, desonestos, hipócritas, mentirosos, pérfidos, caluniadores, invejosos, que tinham roubado, enganado, cometido todos os atos vergonhosos, abomináveis, esses bons pais, essas esposas fiéis, esses filhos devotados, essas moças castas, esses comerciantes probos, esses homens e mulheres ditos irrepreensíveis.

Escreviam todos ao mesmo tempo, no limiar da sua morada eterna, a cruel, terrível e santa verdade que todo mundo ignora ou finge ignorar nesta Terra.

Imaginei que também ela devia ter escrito a verdade no seu túmulo. E agora já sem medo, correndo por entre os caixões entreabertos, por entre os cadáveres, por entre os esqueletos, fui em sua direção, certo de que logo a encontraria.

Reconheci-a de longe, sem ver o rosto envolto no sudário.

E sobre a cruz de mármore onde há pouco lera: "Ela amou, foi amada, e morreu", divisei:

"Tendo saído, um dia, para enganar seu amante, resfriou-se sob a chuva, e morreu."

Parece que me encontraram inanimado, ao nascer do dia, junto a uma sepultura.

(31 de maio de 1887)

O Homem de Marte

Estava trabalhando quando o meu criado anunciou:

"Senhor, está aqui uma pessoa que pede para lhe falar."

"Faça-a entrar."

Avistei um homenzinho que cumprimentava. Tinha o ar de um mísero inspetor de óculos, cujo corpo franzino não se ajustava, de modo algum, às roupas demasiado largas.

Balbuciou:

"Peço-lhe perdão, senhor, mil perdões por incomodá-lo."

Eu lhe disse:

"Sente-se, meu senhor."

Ele se sentou e prosseguiu:

"Meu Deus, senhor, estou muito perturbado com a minha iniciativa. Mas precisava ver alguém, e só havia o senhor... só o senhor... Enfim, tomei coragem... mas na verdade... já não me atrevo."

"Então diga, senhor."

"Bem, é que, quando eu começar a falar, o senhor vai me tomar por um louco."

"Por Deus, senhor, isso depende do que vai me dizer."

"Justamente, senhor, o que vou lhe dizer é bizarro. Mas peço-lhe que considere que não sou louco, precisamente por isso, porque constato a estranheza de minha confidência."

"Sim, fale."

"Não, senhor, não sou louco, mas tenho o ar louco dos homens que refletiram mais do que os outros e que ultrapassaram um pouco, tão pouco, os limites do pensamento mediano. Pense, senhor, ninguém pensa em nada neste mundo. Todos se ocupam dos *seus* negócios, da *sua* fortuna, dos *seus* prazeres, da *sua* vida enfim, ou de pequenas futilidades divertidas como o teatro, a pintura, a música ou a política, a maior das tolices, ou de assuntos industriais. Mas quem é que pensa? Quem? Ninguém! Perdão, estou me entusiasmando demais! Voltando ao assunto.

"Há cinco anos que venho para cá. O senhor não me conhece, mas eu o conheço muito bem... Nunca me misturo com o público da sua praia ou do seu cassino. Vivo nas falésias, adoro realmente estas falésias de Etretat. Não conheço outras mais belas e mais saudáveis. Quero dizer, saudáveis para o espírito. É uma admirável estrada entre o céu e o mar, uma estrada de relva que corre sobre esta grande muralha, na borda da terra, acima do oceano. Meus melhores dias foram os que passei estendido ao sol numa encosta coberta de relva, a cem metros acima das ondas, a sonhar. O senhor me compreende?"

"Sim, perfeitamente."

"Agora, permite que lhe faça uma pergunta?"

"Faça, senhor."

"Acredita que os outros planetas sejam habitados?"

Respondi sem hesitar e sem parecer surpreso:

"Sem dúvida, acredito."

Ele ficou emocionado, demonstrando uma grande alegria; levantou-se, tornou a sentar-se, tomado pelo desejo evidente de apertar-me em seus braços, e exclamou:

"Ah! Ah! Que sorte! Que felicidade! Que alívio! Mas como pude duvidar do senhor? Um homem não seria inteligente se não acreditasse que os mundos são habitados. É preciso ser um tolo, um cretino, um idiota, um estúpido, para supor que os milhares de universos brilham e giram unicamente para divertir e maravilhar o homem, este inseto imbecil, para não compreender que a Terra é apenas uma poeira invisível na poeira dos mundos, que todo o nosso sistema não passa de algumas moléculas de vida sideral que morrerão em breve. Veja a Via Láctea, esse rio de estrelas, e pense que é apenas uma mancha na extensão que é o *infinito*. Pense nisso somente por dez minutos e compreenderá por que não sabemos nada, não deciframos nada, nem compreendemos nada. Só conhecemos um ponto, não sabemos nada para além dele, nada fora ele, nada de parte alguma, e acreditamos, e afirmamos. Ah! Ah! Ah! Se de repente nos fosse revelado esse segredo da grande vida extraterrestre, que assombro! Mas não... mas não... sou um estúpido também, não o compreenderíamos, porque o nosso espírito só foi feito para compreender as coisas desta Terra; ele não pode ir mais longe, é limitado, como a nossa vida, preso a esta pequena bola que nos transporta, e julga tudo por comparação. Veja, portanto, como todo mundo é tolo, limitado e convencido do poder da nossa inteligência que mal ultrapassa o instinto dos animais. Não temos nem mesmo a faculdade de perceber a nossa imperfeição, somos feitos para saber o preço da manteiga e do trigo e, no máximo, para discutir sobre o valor de dois cavalos, de dois barcos, de dois ministros ou de dois artistas.

É tudo. Somos aptos apenas para cultivar a terra e nos servir desajeitadamente do que existe sobre ela. Mal começamos a construir máquinas que andam, ficamos admirados como crianças a cada descoberta que deveríamos ter feito há séculos, se fôssemos seres superiores. Ainda estamos cercados pelo desconhecido, mesmo neste momento em que foram necessários milhares de anos de vida inteligente para entrever a eletricidade. Somos da mesma opinião?"

Respondi rindo:

"Sim, senhor."

"Muito bem, então. Alguma vez já se interessou por Marte?"

"Marte?"

"Sim, o planeta Marte."

"Não, senhor."

"O senhor me permite que diga algumas palavras sobre ele?"

"Mas certamente, senhor, com todo o prazer."

"O senhor sabe, sem dúvida, que os mundos do nosso sistema, da nossa pequena família, foram formados pela condensação em globos de primitivos anéis gasosos que foram se desligando, um após o outro, da nebulosa solar?"

"Sim, senhor."

"Daí resulta que os planetas mais afastados são os mais antigos e devem ser, por consequência, os mais civilizados. Eis a ordem do seu nascimento: Urano,

Saturno, Júpiter, Marte, a Terra, Vênus, Mercúrio. Admite que estes planetas sejam habitados como a Terra?"

"Mas certamente. Por que achar que a Terra é uma exceção?"

"Muito bem. Sendo o homem de Marte mais antigo que o homem da Terra... Mas estou indo rápido demais. Em primeiro lugar, quero provar-lhe que Marte é habitado. Aos nossos olhos, Marte apresenta mais ou menos o aspecto que a Terra deve apresentar aos observadores marcianos. Lá os oceanos ocupam menos espaço e estão mais espalhados. Podem ser reconhecidos pela cor negra, porque a água absorve a luz, enquanto os continentes a refletem. As mutações geográficas são frequentes nesse planeta e provam a atividade da sua vida. Tem estações semelhantes às nossas e neves nos polos que se veem aumentar e diminuir conforme as épocas. Seu ano é muito longo, seiscentos e oitenta e sete dias terrestres, ou seja, seiscentos e sessenta e oito dias marcianos divididos como se segue: cento e noventa e um para a primavera, cento e oitenta e um para o verão, cento e quarenta e nove para o outono e cento e quarenta e sete para o inverno. Lá se veem menos nuvens do que entre nós. Consequentemente, lá deve fazer mais frio e mais calor."

Eu o interrompi.

"Perdão, senhor, mas me parece que, estando Marte muito mais longe do Sol do que nós, lá deve fazer sempre mais frio."

O meu estranho visitante exclamou com grande veemência:

"Engano, senhor! Engano, engano absoluto! Nós, no verão, estamos mais longe do Sol do que no inverno.

Faz mais frio no cume do Monte Branco do que no sopé. Aliás, remeto-o para a teoria mecânica do calor, de Helmotz e de Schiaparelli. O calor do Sol depende principalmente da quantidade de vapor d'água que a atmosfera contém. Eis a razão: o poder absorvente de uma molécula de vapor aquoso é dezesseis mil vezes superior ao de uma molécula de ar seco, cujo vapor d'água é a nossa fonte de calor; e Marte, tendo menos nuvens, deve ser ao mesmo tempo muito mais quente e muito mais frio do que a Terra."

"Não o contesto mais."

"Muito bem. Agora, peço-lhe que me escute com grande atenção."

"Não faço outra coisa, senhor."

"Ouviu falar dos famosos canais descobertos em 1884 pelo sr. Schiaparelli?"

"Muito pouco."

"Como é possível! Saiba, então, que em 1884, encontrando-se Marte em oposição e separado de nós por uma distância de apenas vinte e quatro milhões de léguas, o sr. Schiaparelli, um dos mais eminentes astrônomos do nosso século e um dos mais seguros observadores, descobriu, de repente, uma grande quantidade de linhas negras, retas ou quebradas, descrevendo formas geométricas constantes e que uniam, através do continentes, os mares de Marte! Sim, sim, senhor, canais retilíneos, canais geométricos, de igual largura em todo o seu percurso, canais construídos por seres! Sim, senhor, a prova de que Marte é habitado, de que aí vive-se, pensa-se, trabalha-se, que nos observam: compreende, compreende?

"Vinte e seis meses mais tarde, na ocasião da oposição seguinte, esse canais voltaram a ser vistos, ainda mais numerosos. E são gigantescos, sua largura não tem menos do que cem quilômetros."

Respondi sorrindo:

"Cem quilômetros de largura. Foram necessários operários possantes para escavá-los."

"Oh, o que está dizendo, senhor? Ignora então que esse trabalho é infinitamente mais fácil em Marte do que na Terra, já que a densidade dos seus materiais constitutivos não ultrapassa a sexagésima nona parte dos nossos! A força da gravidade mal atinge a trigésima sétima parte da nossa.

"Lá, um quilograma de água só pesa trezentos e setenta gramas."

Ele me jogava estes números com uma tal segurança, com uma tal confiança de comerciante que sabe o valor de um número, que não pude deixar de rir e tive vontade de lhe perguntar quanto pesavam, em Marte, o açúcar e a manteiga.

Ele balançou a cabeça.

"O senhor ri, toma-me por um imbecil depois de me ter tomado por um louco. Mas os números que lhe cito são os que encontrará em todas as obras especializadas de astronomia. O diâmetro de Marte é quase a metade do nosso; sua superfície só tem vinte e seis centésimos da do nosso globo; seu volume é seis vezes e meia menor que o da Terra, e a velocidade dos seus dois satélites prova que ele tem um peso dez vezes inferior ao nosso.

"Ora, senhor, dependendo a força da gravidade da massa e do volume, quer dizer, do peso e da distância que vai da superfície ao centro, resulta daí indubitavelmente um estado de leveza nesse planeta que torna a vida completamente diferente, que regula, de uma forma para nós desconhecida, as ações mecânicas e deve fazer predominar as espécies aladas. Sim, senhor, em Marte, o Ser Rei tem asas.

"Ele voa, passa de um continente para o outro, passeia como um espírito em volta do seu universo ao qual o prende, contudo, à atmosfera que não pode atravessar, se bem que...

"Enfim, senhor, imagine esse planeta coberto de plantas, árvores e animais de que nem sequer podemos suspeitar as formas e habitado por grandes seres alados, tal como os anjos nos foram descritos. Eu os vejo esvoaçando sobre as planícies e cidades, no ar dourado que lá existe. Porque antigamente pensava-se que a atmosfera de Marte era vermelha como a nossa é azul, mas ela é amarela, senhor, de um belo amarelo dourado.

"Surpreende-se ainda que essas criaturas tenham podido escavar canais com a largura de cem quilômetros? E, depois, pense apenas no que a ciência fez entre nós de um século para cá... de um século para cá... e imagine que os habitantes de Marte são talvez superiores a nós..."

Calou-se bruscamente, baixou os olhos e depois murmurou em voz baixa:

"É agora que vai me tomar por um louco... quando lhe disser que quase os vi... eu... numa noite dessas. O senhor sabe, ou talvez não saiba, que estamos na época das estrelas cadentes. Na noite de 18 para 19, principalmente, veem-se todos os anos uma quantidade enorme; é provável que, nesse momento, passemos através dos destroços de um cometa.

"Estava sentado na Mane-Porte, nessa enorme falésia em forma de perna que dá um passo para o mar, e observava essa chuva de pequenos mundos sobre a minha cabeça. Isso é mais divertido e mais belo do que fogos de artifício, senhor. De repente, avisto acima de mim, muito perto, um globo luminoso e transparente, rodeado de asas imensas e palpitantes, pelo menos pensei ver asas na semiobscuridade da noite. Fazia curvas como um pássaro ferido, girava sobre si mesmo com um grande ruído misterioso, parecia ofegante, agonizante, perdido. Passou diante de mim. Parecia um monstruoso balão de cristal cheio de seres enlouquecidos que mal se distinguiam, mas que se agitavam como a tripulação de um navio em perigo, já sem leme, e que rola de onda em onda. E o estranho globo, tendo descrito uma enorme curva, foi cair ao longe, no mar, onde ouvi a sua queda profunda semelhante ao ruído de um tiro de canhão.

"Todos na região, aliás, ouviram esse choque formidável que foi confundido com um trovão. Só eu vi... vi... Se tivessem caído na costa perto de mim, teríamos conhecido os habitantes de Marte. Não diga nada, senhor, reflita, reflita muito e depois, se quiser, conte isto um dia. Sim, eu vi... eu vi... o primeiro navio aéreo, o primeiro navio sideral lançado no infinito por seres pensantes... a menos que tenha assistido simplesmente à morte de uma estrela cadente capturada pela Terra. Porque o senhor não ignora que os planetas caçam os mundos errantes do espaço como nós perseguimos aqui os vagabundos. A Terra, que é leve e fraca, só pode deter, em seu caminho, os pequenos passageiros da imensidão."

Ele se levantara exaltado, delirante, abrindo os braços para imitar o curso dos astros.

"Os cometas, senhor, que vagam nas fronteiras da grande nebulosa da qual somos condensações, os cometas, pássaros livres e luminosos, dirigem-se para o Sol, vindos das profundezas do infinito.

"Eles vêm arrastando a sua imensa cauda de luz em direção ao astro radiante, acelerando tanto a sua louca corrida que não podem juntar-se àquele que os chama; após o terem apenas roçado, são repelidos através do espaço pela própria velocidade de sua queda.

"Mas se, durante suas prodigiosas viagens, passaram perto de um planeta poderoso, se sentiram, desviados de sua rota, uma influência irresistível, retornam então a este novo senhor que, daí em diante, os mantém cativos. Sua parábola ilimitada transforma-se numa curva fechada e é assim que podemos calcular o retorno dos cometas periódicos. Júpiter tem oito escravos. Saturno um, Netuno também tem um, e o seu planeta exterior tem igualmente um, mais um exército de estrelas cadentes... Nesse caso... nesse caso... talvez eu só tenha visto a Terra capturar um pequeno mundo errante...

"Adeus, senhor, não me responda nada, reflita, reflita, e, se quiser, conte tudo isso algum dia..."

Está feito, porque esse maluco me pareceu menos estúpido do que um indivíduo que vive de rendimentos.

(10 de outubro de 1889)

Notas do Tradutor

1. HALALI – Grito de caça, ao som de trompa, anunciando que o animal está acuado.

2. HUYSMANS, J. K. (1848-1907) – Escritor francês que mereceu os maiores elogios de Maupassant quando da publicação do seu livro *A Vau-L'eau* (1882). Partindo do naturalismo, sua obra evoluiu até o misticismo cristão. O gosto do artifício e a busca do bizarro que a caracterizam têm em *A Rebours* (1884) – onde se conta a vida de um esteta *blasé* – e *Là-Bas* (1891) – narrativa de satanismos e práticas sacrílegas por parte de um espírito curioso – os seus pontos mais altos.

3. SPAHIS – Soldados do corpo de cavalaria indígena organizado pelo exército francês, antigamente, na África do Norte.

4. Cf. MONTESQUIEU – *Essai sur le Goût,* publicado na *Enciclopédia* em 1757, após a morte do escritor.

5. HORLA – Palavra inexistente na língua francesa. Há várias hipóteses sobre o termo usado por *Maupassant*: uma criação fonética bem-sucedida, mero fruto da imaginação do autor; uma combinação de sílabas que não correspondem a nenhum nome conhecido; um nome lógico dado a um ser fantástico, o *Hors-là*. O sentido do termo, a partir desta última explicação, pode ser assim expresso:

o *Horla*, o do *Além*, o de *Lá*. (Cf. *Maupassant, Guy de, Contes Fantastiques Complets,* ed. Anne Richter, ed. Marabout - Pág. 376.

6. VOLTAIRE – *Cf. Le Sottisier,* pág. 32.

7. HERESTAUSS – Nome fantasista forjado sobre as palavras alemãs *Herr* (senhor, mestre) e *Aus* (fora de). Herestauss é aquele que "é de alhures", "de um outro lugar".

CRONOLOGIA*

1850 – 5 de agosto, nascimento de Henry-René-Albert-Guy de Maupassant.

1859-1860 – Maupassant aluno do liceu Napoléon em Paris.

1861-1862 – Estadia em Etretat.

1863 – Outubro, inscrição no Instituto Eclesiástico de Yvetot.

1864 – Maupassant trava relações, em Etretat, com A. C. Swinburne.

1868 – Maio, Maupassant inscrito como interno no liceu de Rouen.

1869 – Outubro, estudante de Direito em Paris.

1870-1871 – Guerra.

1874 – Maupassant encontra Edmond de Goncourt e Zola na casa de Flaubert.

1875 – Primeira obra de Maupassant, publicada no Almanaque Lorrain.

1880 – Abril, publicação de *Boule de Suif*.

1880 – Setembro, viagem à Córsega.

---

* Extraída de "Maupassant", de Albert-Marie Schmidt, Écrivains de Toujours, Seuil, pág. 190.

- **1881** – Julho, viagem à Argélia.
- **1883** – Abril, publicação de *Une Vie*.
- **1885** – Abril, publicação de *Bel-Ami*.
- **1887** – Janeiro, publicação de *Mont-Oriol*.
- **1887** – Outubro, viagem à *Algéria*.
- **1888** – Janeiro, publicação de *Pierre et Jean*.
- **1889** – Maio, publicação de *Fort comme la Mort*.
- **1890** – Abril, curta estadia na Inglaterra.
- **1890** – Junho, publicação de *Notre Coeur*.
- **1891** – Junho-agosto, tratamentos sucessivos em Divonne-les Bains, depois em Champel-les-Bains, perto de Genebra.
- **1891** – Dezembro, Maupassant redige seu testamento.
- **1892** – 1º de janeiro, tentativa de suicídio.
- **1892** – 7 de janeiro, internação na casa de saúde do doutor Blanche (Passy).
- **1893** – 6 de julho, morte de Maupassant.

Coleção **L&PM** POCKET (Lançamentos mais recentes)

936(21).**Marilyn Monroe** – Anne Plantagenet
937.**China moderna** – Rana Mitter
938.**Dinossauros** – David Norman
939.**Louca por homem** – Claudia Tajes
940.**Amores de alto risco** – Walter Riso
941.**Jogo de damas** – David Coimbra
942.**Filha é filha** – Agatha Christie
943.**M ou N?** – Agatha Christie
945.**Bidu: diversão em dobro!** – Mauricio de Sousa
946.**Fogo** – Anaïs Nin
947.**Rum: diário de um jornalista bêbado** – Hunter Thompson
948.**Persuasão** – Jane Austen
949.**Lágrimas na chuva** – Sergio Faraco
950.**Mulheres** – Bukowski
951.**Um pressentimento funesto** – Agatha Christie
952.**Cartas na mesa** – Agatha Christie
954.**O lobo do mar** – Jack London
955.**Os gatos** – Patricia Highsmith
956(22).**Jesus** – Christiane Rancé
957.**História da medicina** – William Bynum
958.**O Morro dos Ventos Uivantes** – Emily Brontë
959.**A filosofia na era trágica dos gregos** – Nietzsche
960.**Os treze problemas** – Agatha Christie
961.**A massagista japonesa** – Moacyr Scliar
963.**Humor do miserê** – Nani
964.**Todo o mundo tem dúvida, inclusive você** – Édison de Oliveira
965.**A dama do Bar Nevada** – Sergio Faraco
969.**O psicopata americano** – Bret Easton Ellis
970.**Ensaios de amor** – Alain de Botton
971.**O grande Gatsby** – F. Scott Fitzgerald
972.**Por que não sou cristão** – Bertrand Russell
973.**A Casa Torta** – Agatha Christie
974.**Encontro com a morte** – Agatha Christie
975(23).**Rimbaud** – Jean-Baptiste Baronian
976.**Cartas na rua** – Bukowski
977.**Memória** – Jonathan K. Foster
978.**A abadia de Northanger** – Jane Austen
979.**As pernas de Úrsula** – Claudia Tajes
980.**Retrato inacabado** – Agatha Christie
981.**Solanin (1)** – Inio Asano
982.**Solanin (2)** – Inio Asano
983.**Aventuras de menino** – Mitsuru Adachi
984(16).**Fatos & mitos sobre sua alimentação** – Dr. Fernando Lucchese
985.**Teoria quântica** – John Polkinghorne
986.**O eterno marido** – Fiódor Dostoiévski
987.**Um safado em Dublin** – J. P. Donleavy
988.**Mirinha** – Dalton Trevisan
989.**Akhenaton e Nefertiti** – Carmen Seganfredo e A. S. Franchini
990.**On the Road – o manuscrito original** – Jack Kerouac
991.**Relatividade** – Russell Stannard
992.**Abaixo de zero** – Bret Easton Ellis
993(24).**Andy Warhol** – Mériam Korichi
995.**Os últimos casos de Miss Marple** – Agatha Christie
996.**Nico Demo: Aí vem encrenca** – Mauricio de Sousa
998.**Rousseau** – Robert Wokler
999.**Noite sem fim** – Agatha Christie
1000.**Diários de Andy Warhol (1)** – Editado por Pat Hackett
1001.**Diários de Andy Warhol (2)** – Editado por Pat Hackett
1002.**Cartier-Bresson: o olhar do século** – Pierre Assouline
1003.**As melhores histórias da mitologia: vol. 1** – A.S. Franchini e Carmen Seganfredo
1004.**As melhores histórias da mitologia: vol. 2** – A.S. Franchini e Carmen Seganfredo
1005.**Assassinato no beco** – Agatha Christie
1006.**Convite para um homicídio** – Agatha Christie
1008.**História da vida** – Michael J. Benton
1009.**Jung** – Anthony Stevens
1010.**Arsène Lupin, ladrão de casaca** – Maurice Leblanc
1011.**Dublinenses** – James Joyce
1012.**120 tirinhas da Turma da Mônica** – Mauricio de Sousa
1013.**Antologia poética** – Fernando Pessoa
1014.**A aventura de um cliente ilustre** *seguido de* **O último adeus de Sherlock Holmes** – Sir Arthur Conan Doyle
1015.**Cenas de Nova York** – Jack Kerouac
1016.**A corista** – Anton Tchékhov
1017.**O diabo** – Leon Tolstói
1018.**Fábulas chinesas** – Sérgio Capparelli e Márcia Schmaltz
1019.**O gato do Brasil** – Sir Arthur Conan Doyle
1020.**Missa do Galo** – Machado de Assis
1021.**O mistério de Marie Rogêt** – Edgar Allan Poe
1022.**A mulher mais linda da cidade** – Bukowski
1023.**O retrato** – Nicolai Gogol
1024.**O conflito** – Agatha Christie
1025.**Os primeiros casos de Poirot** – Agatha Christie
1027(25).**Beethoven** – Bernard Fauconnier
1028.**Platão** – Julia Annas
1029.**Cleo e Daniel** – Roberto Freire
1030.**Til** – José de Alencar
1031.**Viagens na minha terra** – Almeida Garrett
1032.**Profissões para mulheres e outros artigos feministas** – Virginia Woolf
1033.**Mrs. Dalloway** – Virginia Woolf
1034.**O cão da morte** – Agatha Christie
1035.**Tragédia em três atos** – Agatha Christie
1037.**O fantasma da Ópera** – Gaston Leroux
1038.**Evolução** – Brian e Deborah Charlesworth
1039.**Medida por medida** – Shakespeare
1040.**Razão e sentimento** – Jane Austen
1041.**A obra-prima ignorada** *seguido de* **Um episódio durante o Terror** – Balzac

1042. **A fugitiva** – Anaïs Nin
1043. **As grandes histórias da mitologia greco-romana** – A. S. Franchini
1044. **O corno de si mesmo & outras historietas** – Marquês de Sade
1045. **Da felicidade** *seguido de* **Da vida retirada** – Sêneca
1046. **O horror em Red Hook e outras histórias** – H. P. Lovecraft
1047. **Noite em claro** – Martha Medeiros
1048. **Poemas clássicos chineses** – Li Bai, Du Fu e Wang Wei
1049. **A terceira moça** – Agatha Christie
1050. **Um destino ignorado** – Agatha Christie
1051. (26). **Buda** – Sophie Royer
1052. **Guerra Fria** – Robert J. McMahon
1053. **Simons's Cat: as aventuras de um gato travesso e comilão – vol. 1** – Simon Tofield
1054. **Simons's Cat: as aventuras de um gato travesso e comilão – vol. 2** – Simon Tofield
1055. **Só as mulheres e as baratas sobreviverão** – Claudia Tajes
1057. **Pré-história** – Chris Gosden
1058. **Pintou sujeira!** – Mauricio de Sousa
1059. **Contos de Mamãe Gansa** – Charles Perrault
1060. **A interpretação dos sonhos: vol. 1** – Freud
1061. **A interpretação dos sonhos: vol. 2** – Freud
1062. **Frufru Rataplã Dolores** – Dalton Trevisan
1063. **As melhores histórias da mitologia egípcia** – Carmem Seganfredo e A.S. Franchini
1064. **Infância. Adolescência. Juventude** – Tolstói
1065. **As consolações da filosofia** – Alain de Botton
1066. **Diários de Jack Kerouac – 1947-1954**
1067. **Revolução Francesa – vol. 1** – Max Gallo
1068. **Revolução Francesa – vol. 2** – Max Gallo
1069. **O detetive Parker Pyne** – Agatha Christie
1070. **Memórias do esquecimento** – Flávio Tavares
1071. **Drogas** – Leslie Iversen
1072. **Manual de ecologia (vol.2)** – J. Lutzenberger
1073. **Como andar no labirinto** – Affonso Romano de Sant'Anna
1074. **A orquídea e o serial killer** – Juremir Machado da Silva
1075. **Amor nos tempos de fúria** – Lawrence Ferlinghetti
1076. **A aventura do pudim de Natal** – Agatha Christie
1078. **Amores que matam** – Patricia Faur
1079. **Histórias de pescador** – Mauricio de Sousa
1080. **Pedaços de um caderno manchado de vinho** – Bukowski
1081. **A ferro e fogo: tempo de solidão (vol.1)** – Josué Guimarães
1082. **A ferro e fogo: tempo de guerra (vol.2)** – Josué Guimarães
1084. (17). **Desembarcando o Alzheimer** – Dr. Fernando Lucchese e Dra. Ana Hartmann
1085. **A maldição do espelho** – Agatha Christie
1086. **Uma breve história da filosofia** – Nigel Warburton
1088. **Heróis da História** – Will Durant
1089. **Concerto campestre** – L. A. de Assis Brasil
1090. **Morte nas nuvens** – Agatha Christie
1092. **Aventura em Bagdá** – Agatha Christie
1093. **O cavalo amarelo** – Agatha Christie
1094. **O método de interpretação dos sonhos** – Freud
1095. **Sonetos de amor e desamor** – Vários
1096. **120 tirinhas do Dilbert** – Scott Adams
1097. **200 fábulas de Esopo**
1098. **O curioso caso de Benjamin Button** – F. Scott Fitzgerald
1099. **Piadas para sempre: uma antologia para morrer de rir** – Visconde da Casa Verde
1100. **Hamlet (Mangá)** – Shakespeare
1101. **A arte da guerra (Mangá)** – Sun Tzu
1104. **As melhores histórias da Bíblia (vol.1)** – A. S. Franchini e Carmen Seganfredo
1105. **As melhores histórias da Bíblia (vol.2)** – A. S. Franchini e Carmen Seganfredo
1106. **Psicologia das massas e análise do eu** – Freud
1107. **Guerra Civil Espanhola** – Helen Graham
1108. **A autoestrada do sul e outras histórias** – Julio Cortázar
1109. **O mistério dos sete relógios** – Agatha Christie
1110. **Peanuts: Ninguém gosta de mim... (amor)** – Charles Schulz
1111. **Cadê o bolo?** – Mauricio de Sousa
1112. **O filósofo ignorante** – Voltaire
1113. **Totem e tabu** – Freud
1114. **Filosofia pré-socrática** – Catherine Osborne
1115. **Desejo de status** – Alain de Botton
1118. **Passageiro para Frankfurt** – Agatha Christie
1120. **Kill All Enemies** – Melvin Burgess
1121. **A morte da sra. McGinty** – Agatha Christie
1122. **Revolução Russa** – S. A. Smith
1123. **Até você, Capitu?** – Dalton Trevisan
1124. **O grande Gatsby (Mangá)** – F. S. Fitzgerald
1125. **Assim falou Zaratustra (Mangá)** – Nietzsche
1126. **Peanuts: É para isso que servem os amigos (amizade)** – Charles Schulz
1127. (27). **Nietzsche** – Dorian Astor
1128. **Bidu: Hora do banho** – Mauricio de Sousa
1129. **O melhor do Macanudo Taurino** – Santiago
1130. **Radicci 30 anos** – Iotti
1131. **Show de sabores** – J.A. Pinheiro Machado
1132. **O prazer das palavras** – vol. 3 – Cláudio Moreno
1133. **Morte na praia** – Agatha Christie
1134. **O fardo** – Agatha Christie
1135. **Manifesto do Partido Comunista (Mangá)** – Marx & Engels
1136. **A metamorfose (Mangá)** – Franz Kafka
1137. **Por que você não se casou... ainda** – Tracy McMillan
1138. **Textos autobiográficos** – Bukowski
1139. **A importância de ser prudente** – Oscar Wilde
1140. **Sobre a vontade na natureza** – Arthur Schopenhauer
1141. **Dilbert (8)** – Scott Adams
1142. **Entre dois amores** – Agatha Christie
1143. **Cipreste triste** – Agatha Christie
1144. **Alguém viu uma assombração?** – Mauricio de Sousa

1145. **Mandela** – Elleke Boehmer
1146. **Retrato do artista quando jovem** – James Joyce
1147. **Zadig ou o destino** – Voltaire
1148. **O contrato social (Mangá)** – J.-J. Rousseau
1149. **Garfield fenomenal** – Jim Davis
1150. **A queda da América** – Allen Ginsberg
1151. **Música na noite & outros ensaios** – Aldous Huxley
1152. **Poesias inéditas & Poemas dramáticos** – Fernando Pessoa
1153. **Peanuts: Felicidade é...** – Charles M. Schulz
1154. **Mate-me por favor** – Legs McNeil e Gillian McCain
1155. **Assassinato no Expresso Oriente** – Agatha Christie
1156. **Um punhado de centeio** – Agatha Christie
1157. **A interpretação dos sonhos (Mangá)** – Freud
1158. **Peanuts: Você não entende o sentido da vida** – Charles M. Schulz
1159. **A dinastia Rothschild** – Herbert R. Lottman
1160. **A Mansão Hollow** – Agatha Christie
1161. **Nas montanhas da loucura** – H.P. Lovecraft
1162. (28). **Napoleão Bonaparte** – Pascale Fautrier
1163. **Um corpo na biblioteca** – Agatha Christie
1164. **Inovação** – Mark Dodgson e David Gann
1165. **O que toda mulher deve saber sobre os homens: a afetividade masculina** – Walter Riso
1166. **O amor está no ar** – Mauricio de Sousa
1167. **Testemunha de acusação & outras histórias** – Agatha Christie
1168. **Etiqueta de bolso** – Celia Ribeiro
1169. **Poesia reunida (volume 3)** – Affonso Romano de Sant'Anna
1170. **Emma** – Jane Austen
1171. **Que seja em segredo** – Ana Miranda
1172. **Garfield sem parar** – Jim Davis
1173. **Garfield: Foi mal...** – Jim Davis
1174. **Os irmãos Karamázov (Mangá)** – Dostoiévski
1175. **O Pequeno Príncipe** – Antoine de Saint-Exupéry
1176. **Peanuts: Ninguém mais tem o espírito aventureiro** – Charles M. Schulz
1177. **Assim falou Zaratustra** – Nietzsche
1178. **Morte no Nilo** – Agatha Christie
1179. **Ê, soneca boa** – Mauricio de Sousa
1180. **Garfield a todo o vapor** – Jim Davis
1181. **Em busca do tempo perdido (Mangá)** – Proust
1182. **Cai o pano: o último caso de Poirot** – Agatha Christie
1183. **Livro para colorir e relaxar** – Livro 1
1184. **Para colorir sem parar**
1185. **Os elefantes não esquecem** – Agatha Christie
1186. **Teoria da relatividade** – Albert Einstein
1187. **Compêndio da psicanálise** – Freud
1188. **Visões de Gerard** – Jack Kerouac
1189. **Fim de verão** – Mohiro Kitoh
1190. **Procurando diversão** – Mauricio de Sousa
1191. **E não sobrou nenhum e outras peças** – Agatha Christie
1192. **Ansiedade** – Daniel Freeman & Jason Freeman
1193. **Garfield: pausa para o almoço** – Jim Davis
1194. **Contos do dia e da noite** – Guy de Maupassant
1195. **O melhor de Hagar 7** – Dik Browne
1196. (29). **Lou Andreas-Salomé** – Dorian Astor
1197. (30). **Pasolini** – René de Ceccatty
1198. **O caso do Hotel Bertram** – Agatha Christie
1199. **Crônicas de motel** – Sam Shepard
1200. **Pequena filosofia da paz interior** – Catherine Rambert
1201. **Os sertões** – Euclides da Cunha
1202. **Treze à mesa** – Agatha Christie
1203. **Bíblia** – John Riches
1204. **Anjos** – David Albert Jones
1205. **As tirinhas do Guri de Uruguaiana 1** – Jair Kobe
1206. **Entre aspas (vol.1)** – Fernando Eichenberg
1207. **Escrita** – Andrew Robinson
1208. **O spleen de Paris: pequenos poemas em prosa** – Charles Baudelaire
1209. **Satíricon** – Petrônio
1210. **O avarento** – Molière
1211. **Queimando na água, afogando-se na chama** – Bukowski
1212. **Miscelânea septuagenária: contos e poemas** – Bukowski
1213. **Que filosofar é aprender a morrer e outros ensaios** – Montaigne
1214. **Da amizade e outros ensaios** – Montaigne
1215. **O medo à espreita e outras histórias** – H.P. Lovecraft
1216. **A obra de arte na era de sua reprodutibilidade técnica** – Walter Benjamin
1217. **Sobre a liberdade** – John Stuart Mill
1218. **O segredo de Chimneys** – Agatha Christie
1219. **Morte na rua Hickory** – Agatha Christie
1220. **Ulisses (Mangá)** – James Joyce
1221. **Ateísmo** – Julian Baggini
1222. **Os melhores contos de Katherine Mansfield** – Katherine Mansfied
1223. (31). **Martin Luther King** – Alain Foix
1224. **Millôr Definitivo: uma antologia de** *A Bíblia do Caos* – Millôr Fernandes
1225. **O Clube das Terças-Feiras e outras histórias** – Agatha Christie
1226. **Por que sou tão sábio** – Nietzsche
1227. **Sobre a mentira** – Platão
1228. **Sobre a leitura** seguido do **Depoimento de Céleste Albaret** – Proust
1229. **O homem do terno marrom** – Agatha Christie
1230. (32). **Jimi Hendrix** – Franck Médioni
1231. **Amor e amizade e outras histórias** – Jane Austen
1232. **Lady Susan, Os Watson e Sanditon** – Jane Austen
1233. **Uma breve história da ciência** – William Bynum
1234. **Macunaíma: o herói sem nenhum caráter** – Mário de Andrade
1235. **A máquina do tempo** – H.G. Wells

1236. **O homem invisível** – H.G. Wells
1237. **Os 36 estratagemas: manual secreto da arte da guerra** – Anônimo
1238. **A mina de ouro e outras histórias** – Agatha Christie
1239. **Pic** – Jack Kerouac
1240. **O habitante da escuridão e outros contos** – H.P. Lovecraft
1241. **O chamado de Cthulhu e outros contos** – H.P. Lovecraft
1242. **O melhor de Meu reino por um cavalo!** – Edição de Ivan Pinheiro Machado
1243. **A guerra dos mundos** – H.G. Wells
1244. **O caso da criada perfeita e outras histórias** – Agatha Christie
1245. **Morte por afogamento e outras histórias** – Agatha Christie
1246. **Assassinato no Comitê Central** – Manuel Vázquez Montalbán
1247. **O papai é pop** – Marcos Piangers
1248. **O papai é pop 2** – Marcos Piangers
1249. **A mamãe é rock** – Ana Cardoso
1250. **Paris boêmia** – Dan Franck
1251. **Paris libertária** – Dan Franck
1252. **Paris ocupada** – Dan Franck
1253. **Uma anedota infame** – Dostoiévski
1254. **O último dia de um condenado** – Victor Hugo
1255. **Nem só de caviar vive o homem** – J.M. Simmel
1256. **Amanhã é outro dia** – J.M. Simmel
1257. **Mulherzinhas** – Louisa May Alcott
1258. **Reforma Protestante** – Peter Marshall
1259. **História econômica global** – Robert C. Allen
1260(33). **Che Guevara** – Alain Foix
1261. **Câncer** – Nicholas James
1262. **Akhenaton** – Agatha Christie
1263. **Aforismos para a sabedoria de vida** – Arthur Schopenhauer
1264. **Uma história do mundo** – David Coimbra
1265. **Ame e não sofra** – Walter Riso
1266. **Desapegue-se!** – Walter Riso
1267. **Os Sousa: Uma família do barulho** – Mauricio de Sousa
1268. **Nico Demo: O rei da travessura** – Mauricio de Sousa
1269. **Testemunha de acusação e outras peças** – Agatha Christie
1270(34). **Dostoiévski** – Virgil Tanase
1271. **O melhor de Hagar 8** – Dik Browne
1272. **O melhor de Hagar 9** – Dik Browne
1273. **O melhor de Hagar 10** – Dik e Chris Browne
1274. **Considerações sobre o governo representativo** – John Stuart Mill
1275. **O homem Moisés e a religião monoteísta** – Freud
1276. **Inibição, sintoma e medo** – Freud
1277. **Além do princípio de prazer** – Freud
1278. **O direito de dizer não!** – Walter Riso
1279. **A arte de ser flexível** – Walter Riso
1280. **Casados e descasados** – August Strindberg
1281. **Da Terra à Lua** – Júlio Verne
1282. **Minhas galerias e meus pintores** – Kahnweiler
1283. **A arte do romance** – Virginia Woolf
1284. **Teatro completo v. 1: As aves da noite** *seguido de* **O visitante** – Hilda Hilst
1285. **Teatro completo v. 2: O verdugo** *seguido de* **A morte do patriarca** – Hilda Hilst
1286. **Teatro completo v. 3: O rato no muro** *seguido de* **Auto da barca de Camiri** – Hilda Hilst
1287. **Teatro completo v. 4: A empresa** *seguido de* **O novo sistema** – Hilda Hilst
1288. **Sapiens: Uma breve história da humanidade** – Yuval Noah Harari
1289. **Fora de mim** – Martha Medeiros
1290. **Divã** – Martha Medeiros
1291. **Sobre a genealogia da moral: um escrito polêmico** – Nietzsche
1292. **A consciência de Zeno** – Italo Svevo
1293. **Células-tronco** – Jonathan Slack
1294. **O fim do ciúme e outros contos** – Proust
1295. **A jangada** – Júlio Verne
1296. **A ilha do dr. Moreau** – H.G. Wells
1297. **Ninho de fidalgos** – Ivan Turguêniev
1298. **Jane Eyre** – Charlotte Brontë
1299. **Sobre gatos** – Bukowski
1300. **Sobre o amor** – Bukowski
1301. **Escrever para não enlouquecer** – Bukowski
1302. **222 receitas** – J. A. Pinheiro Machado
1303. **Reinações de Narizinho** – Monteiro Lobato
1304. **O Saci** – Monteiro Lobato
1305. **Memórias da Emília** – Monteiro Lobato
1306. **O Picapau Amarelo** – Monteiro Lobato
1307. **A reforma da Natureza** – Monteiro Lobato
1308. **Fábulas** *seguido de* **Histórias diversas** – Monteiro Lobato
1309. **Aventuras de Hans Staden** – Monteiro Lobato
1310. **Peter Pan** – Monteiro Lobato
1311. **Dom Quixote das crianças** – Monteiro Lobato
1312. **O Minotauro** – Monteiro Lobato
1313. **Um quarto só seu** – Virginia Woolf
1314. **Sonetos** – Shakespeare
1315(35). **Thoreau** – Marie Berthoumieu e Laura El Makki
1316. **Teoria da arte** – Cynthia Freeland
1317. **A arte da prudência** – Baltasar Gracián
1318. **O louco** *seguido de* **Areia e espuma** – Khalil Gibran
1319. **O profeta** *seguido de* **O jardim do profeta** – Khalil Gibran
1320. **Jesus, o Filho do Homem** – Khalil Gibran
1321. **A luta** – Norman Mailer
1322. **Sobre o sofrimento do mundo e outros ensaios** – Schopenhauer
1323. **Epidemiologia** – Rodolfo Saracci
1324. **Japão moderno** – Christopher Goto-Jones
1325. **A arte da meditação** – Matthieu Ricard
1326. **O adversário secreto** – Agatha Christie
1327. **Pollyanna** – Eleanor H. Porter

lepmeditores
www.lpm.com.br
o site que conta tudo

IMPRESSÃO:

PALLOTTI
GRÁFICA

Santa Maria - RS | Fone: (55) 3220.4500
www.graficapallotti.com.br